한림신서 일본현대문학대표작선 32

일본현대희곡선

YUZURU, TENGOKU-DOROBOU, TENGOKU ENO ENSEI,
ICHIYA, MIYAGINO(일본현대희곡선)
by KINOSHITA Jyunji, KATO Mitio, SHIINA Rinzō,
MIYOSHI Jyuurou, YASHIRO Seiichi
Copyright ⓒ 1949, 1953, 1985, 1991, 2003
by KINOSHITA Jyunji, KATO Haruko, OTSŪBO Mamiko,
SHIRAKI Mari, YASHIRO Asako
Originally published in Japan

한림신서 일본현대문학대표작선 ㉜

일본현대희곡선

미요시 주로(三好十郎) 외 지음 · 박영산 옮김

小花

한림신서 일본현대문학대표작선 32

일본현대희곡선

초판인쇄 : 2005년 8월 25일
초판발행 : 2005년 8월 30일

지은이 : 미요시 주로 외
옮긴이 : 박영산
발행인 : 고화숙
발행처 : 도서출판 소화
등　록 : 제13-412호
주　소 : 서울시 영등포구 영등포동 94-97
전　화 : 2677-5890(代)
팩　스 : 2636-6393
홈페이지 : www.sowha.com

ISBN 89-8410-283-0
ISBN 89-8410-108-7(세트)

값 6,800원

차례

하룻밤

미요시 주로(三好十郎)

1.

황량한 산속 오두막집

창밖으로 낭떠러지가 보이고, 늦가을 석양이 붉게 물들어 있다.

토방에는 누렇게 녹슨 철판 난로가 놓여 있다. 한 뭉치 신문지를 둘둘 말아, 불을 붙이고 있는 남자 A. 사십 칠팔 세 정도로 보인다.

어딘가에서 산비둘기 두 마리가 울고 있다.

그 울음소리가 사라지고 잊혀져 갈 즈음, A의 귀에 처음으로 무슨 소리가 들리는 듯하고, 그는 유심히 창밖을 본다.

귀를 기울이고 있다….

창밖 낭떠러지를, 석양의 자취가 스윽 스쳐 지나고 어두워져 가는 것이 보인다.

찌지직 찌지직 난로에서 나는 소리. A는 정신이 든 듯이 다시 신문지를 둘둘 만다.

… 그 오래된 신문지의 활자에 무심코 눈을 멈추고, 움직이지 않는다.

특별히 읽는 것도 아니고, 단지 응시하는 듯 눈을 돌린 채, 돌처럼 굳어 있다.

…

갑자기 이글이글 난로의 장작이 타오르기 시작한다. A는 다시 그쪽으로 눈을 옮기고, 긴 한숨을 토하더니, 이번에는 천천히 옆에 있는 장작을 난로에 집어넣으려고 한다.

창밖은 해질녘 모습으로 가득하다.

…

타당 하는 소리가 나서 돌아보니, 두어 뼘 정도 열려 있었던 — 그렇다기보다도 닫히지 않아서 그대로 둔 정면의 문에서, 남자 B(삼십 사오 세)가 들어온다.

평범한 차림의 양복을 입고, 보스턴백을 어깨에 메고 있다. A는 판자로 된 마루 끝에 배낭을 놓고, 바지에 각반을 감기도 한, 어떻든 산행을 하는 모습이지만, B는 지금 막 도회지에서 온 듯한 차림이다. 추위와 피곤으로 얼굴은 창백하고, 왼팔이 부자연스럽다.

B   … (쉰 목소리로) 오늘은.
A   응? (낮은 소리를 내며 일어선다.)

묵묵히 서로를 바라보고 있는 두 사람…

B   …. 오늘밤, 신세를 좀 져야겠습니다.
A   아니, 그게…
B   스노마타[1] 오두막이지요, 이곳은? 앞에서 보니까
             상당히 독특한데요….
A   스노마타? 이런 걸 스노마타라고 하는가? (집 안을
             휙 둘러본다.)
B   …. 그럼, 아저씨가 산막지기가 아닙니까?
A   아니요, 아니올시다. 나도 좀 전에 도착해서 오늘
             밤 여기 머무를지 어떨지 생각하고 있던 참이라…
B   그래요? 그렇다면 뭐. (토방을 어슬렁어슬렁 걸어가
             서 마루 끝에 보스턴백을 탁 내려놓더니, 후– 하고

숨을 토한다.)

A   … 몹시 피곤하신 모양이구려?

B   아니… 뭐 좀, 추워서요. 휴우-.

A   온기가 안 가오? 이제 막 불이 붙었으니까. 난로가
    부서져서 한참 고생했어. 하지만 장작은 여기 산
    처럼 쌓여 있으니.

B   고맙습니다. (가까이 가서 손을 댄다.) 휴-. 옛날부
    터 장작은 넉넉한 오두막이에요. 한 발치만 나가
    면 잡목이 얼마든지 있거든요.

A   그럼, 당신은 이따금씩 온 적이 있단 말이요?

B   이따금이라고 할 거야 없지만서도. (어딘가에 사투
    리를 섞는다.) 오래 전에 한두어 번 정도. 아저씬
    처음인가요?

A   (거기에는 대답하지 않고) 좀더 가 보면, 뭐냐 사와
    무라(澤村)라든가 하는, 산속에서 제일 오지인 부
    락이 있다는 얘기를 듣고는 왔는데. 그만 여기로
    들어와 버려서, 이 오두막을 보니, 더 이상 걷기가
    싫어지는구만. 허허허.

B   이 주변은 경치는 좋아요. … 그럼, 그 사와무라에
    가려구요?

A   응? (야릇한 얼굴로 상대방을 보며) … 뭐, 그리고

형편이 닿으면 에치고(越後)로 갈 수 있으면 가 보고 싶다는 생각도 하고.

B   상당히 산을 좋아하시는 모양이군요.

A   아, 뭘. 마음 내키는 대로지, 하하하. 자네는 이 근처에 무슨 용무라도 있나 보구려?

B   아니…. 옛날에, 이 산 오두막에서요, 약간 추억이 있긴 있었지요. 어쩐지 그리워지기도 하고 해서.

A   젊은 시절이라면… 아름다운 여자와 함께 왔겠네?

B   아니요. (조금 생기를 찾은 듯, 옆 장작을 하나 집어 난로에 던지면서 싱긋 웃고) 헤헤헤. 뭘요, 실은 도쿄(東京)에서 도망쳐 왔어요.

A   … (힐끔 B를 올려다보고) 도망쳐서?

B   헤헤. … (난로의 연기에 눈을 찌푸리고) 빚을 많이 져서, 옴짝달싹도 할 수 없었거든요.

A   그래, 자네는…

B   아무튼, 그러니까… (다시 저물어 어두워진 창밖을 바라보고) 여기에서 밤을 지내는 수밖에 없겠네요. 이렇게 어두워졌으니.

A   그렇구만… (함께 밖을 보고 있다.)

B   하지만 먹을 것이 없다는 게 서글픈데요. … 이런 곳인 줄 알았다면, 아래 역 근처에서 뭐라도 준비

해 왔을 건데.

A   먹을 것이라면 내가 좀 가지고 있소.

B   그래요?

A   단지 마실 것을 어떻게 좀 하면 좋겠는데!

B   그거라면 제가 위스키를 두세 병 가지고 왔어요. (보스턴백을 뒤진다.)

A   아니, 마실 거라는 게, 내가 말하는 것은 마실 물 말일세. 아까 저기 항아리를 보았더니 한 방울도 없더라구. 주전자는 여기에 잘 놓여 있긴 한데.

B   아, 물이라면 바로 저기에 물을 대는 호스가 있을 겁니다.

A   그거 잘 됐군. (주전자를 가지고 일어난다.) 어디쯤이야?

B   거길 나가서 오른쪽에… 어디더라, 제가 퍼 오겠어요.

A   당신은 피곤하잖소. (종종 걸음으로 출구 쪽으로 향한다.) 그리고 난 물로 세수를 좀 해야겠어. 뭐, 온종일 바람을 좀 쐬었더니, 얼굴이 꺼칠꺼칠해져서. (어둠 속으로)

B   … 아참, 똑바로 가면 안 돼요! 바로 그 정면이 낭떠러지거든요. 깎아지른 듯한 절벽이라, 그 바로

	아래가 낭떠러지니까요, 자칫 실수로 떨어지기도 하고, 간간히 뛰어내려서 자살하는 일도 있었어요.
A	(문 밖의 어둠 속에서 얼굴만 하얗게 이쪽을 향하고) 헤!? 이 바로 아래라고?
B	갑자기 사라졌다 하면, 단번에 아래로 떨어져서, 선택의 여지없이 죽사발이 되어 버립니다.
A	그렇소? …(오른쪽으로 걸어가서 바로 소리만) 이쪽 말이요?
B	그래요. 그 막다른 곳이요… (어둠 속을 살펴보고 있더니, 바로 맥이 빠져, 다시 불을 쬔다.) …우으. (낮게 웅얼거린다. 혼자 있게 되니, 다시 피곤함이 밀려오는 것 같다. 턱을 내밀고 잠시 무감각 상태가 된다.) … (찌지직 난로의 장작이 무너진다. 그 소리에 정신을 차리고, 집안을 둘러본다. 자신의 보스턴백을 보고 나서, 저쪽 구석에 있는 A의 배낭에 눈을 고정시키고, 일어나려 하다가, A가 나간 문 밖의 어둠 속을 둘러본다. 이윽고 휴- 하고 한숨을 쉬고 나서, 양복 왼쪽의 소매를 힘껏 접는다. 더러워진 붕대가 보이고, 두 팔에는 상처가 나 있다. 붕대를 풀려고 하지만 피로 딱 달라붙어서 쓰라릴 것 같고, 도중에 멈추고 본래대로 다시 소매를 내린다. 그 왼쪽 팔을 오른

손으로 감싸고 가만히 정면을 노려보듯이 있다가, 무언가를 떠올리고 있다. … 갑자기 정신을 차리고, 두리번두리번 사방을 둘러보더니, A의 배낭에 눈을 고정시킨다. 그 표정이 갑자기 딴 사람처럼 보인다. 살그머니 일어나 배낭 옆으로 가서, 창 밖을 살짝 보고 A가 돌아오는 낌새가 없는 것을 확인하고 나서, 재빨리 배낭을 열고, 오른손을 집어넣어 안에서 스웨터를 끄집어낸다. 마치 젊은 여자가 입는 것 같은 진한 다홍색의 털스웨터다. … 다시 손을 집어넣는다. 이번에 끄집어낸 것은, 언뜻 보아도 간이도시락으로 보이는 꾸러미이다. B는 의아한 얼굴을 하고 그것을 옆에 놓는다. 다시 손을 넣어서 끄집어낸 것이 또 간이도시락이다. 뭔지 좀 이상한 느낌이 들어서 두 개의 도시락을 여기저기 살펴보고 있다. … 문 밖에서 뭔가 인기척이 들리고, B는 후다닥 도시락 두 개와 스웨터를 서둘러 본래대로 배낭에 넣은 후 끈을 묶고, 있었던 자리로 간다.) … (A가 밖에 와 있는 줄 알았는데, 조금 전의 인기척은 바람소리인 것 같고, A는 아직 오지 않았다. B는 난로에 장작을 넣는다…)

그때, 드디어 A가 어둠 속에서 돌아온다. 한 손에는 물주전자, 또 한 손에는 수건이 들려 있다.

A   아 - 아 -, 겨우 정신을 차리겠군. 물이 정말 차갑구먼.

B   물 대는 호스 옆에 있는 그 낭떠러지요, 아마 한달
     만 있으면 얼음이 언다고 해요.

A   그렇담 사람은 올 수 없겠구만. (말을 하면서 주전
     자를 난로에 얹고, B와 마주하고 앉는다.) 자, 마실
     것도 생겼고.

B   먼저 위스키를 마실까요?

A   뭐, 그거 좋지. 그럼, 나도 먹을 걸 좀 꺼낼까? (배낭
     쪽으로 걸어가면서) 하하하. 이렇게 되면, 싫어도
     오늘밤은 자네와 여기에서 동숙하게 되겠구만.

B   그러네요… (보스턴백을 끌어와서, 둘둘 감은 끈을
     푼다.)

                 F. O.

2.

F. I.

몇 시간이 지났다.

난로 옆에 긴 의자를 끌어당겨, 난로를 사이에 두고, 서로
마주보며 책상다리로 앉아 있다. 두 사람 앞에 잔이 각각 하
나씩 놓여 있다. 두 사람 사이에 네모난 위스키 병 두 개와
다 먹어치운 세 개 정도 되는 간이도시락 상자, 그리고 샌드
위치를 싼 종이 등이 있다. 난로는 이글이글 타고, 창 밖은 어
두컴컴해졌다. 두 사람 다 어지간히 취한 상태다. A는 눈이
충혈되어 있고, 시종 싱글벙글 웃음을 띠고 있지만, 몸이 몹
시 나른한 모양이다. B는 얼굴색이 파래진 데다 눈빛을 잃고,
건들건들 무릎을 흔들면서 불안정한 모습으로 있다.

A   … 어이구, 취했네.
B   어때요, 괜찮지요. 고주망태가 되면 어때요, 굉장
            한데요. 위스키 같은 걸 마셔 본 적도 없다더니, 거
            짓말이군요!
A   그러니까 불쌍하다는 거지. 불쌍하고 가련한 신세

야. 거짓말이 아니라구. 헤헤헤헤. 자기가 마실 수 없다고 생각하고 있었으니까. 우선, 어쩌다 마시는 술인데도, 싸구려 술을 말이야, 이봐, 한 잔 이상을 마신 적이 없다고.

B   에이, 농담이겠지요!

A   농담이 아니야. 여기에서 농담을 한들 무슨 소용이겠나. 그 한 잔이 말이야, 어떻게 했는지 조금만 지나치면 못 견디게 괴롭고, 게워 내기도 했으니까. 쭉 그러니까 나는 술은 안 받는다고 스스로 생각했네.

B   요상한 이야기네요. 아저씨!

A   헤헤헤, 그게 말이야, 여기에서 이렇게 위스키를 마시니, 뭐랄까, 이 맛이 참 좋구만. 아무튼 참말이지, 요상한 얘기지.

B   정말로요?

A   '정말로'라고는 내가 말하고 싶네. 꾹, 여기를 쥐어뜯는 듯한 기분이 들어, 어떻든간에 이런 맛이 세상에 있다는 것이 말이야, 지금까지는 전혀 알지 못했으니까. 비참하지. 헤헤, 사실은 내가 오랫동안 아주아주 좋아해서 삼십 년 전부터 동경하고 있던 것은, 실은 이것이야. 이, 이것. 이것이라구.

(다 먹은 간이도시락을 젓가락으로 집는다.)

B   에? … 도시락이라구요?

A   하하하. 그렇다니까. 열차에서 파는 간이도시락이라구! 인간으로 태어나서 일생에 한 번이라도 좋으니까 이것을 실컷 배부르게 먹어 보고 싶었다구. 그렇게 생각했었지. 오늘날까지 그렇게 쭈욱 생각해 왔어. 제일 처음은 열두세 살 때 일이었을 거야. 그걸 언제 어디에서 먹었는지는 … 어떻든간에 누군가가 사 줘서 먹었을 것이지만, 그게 정말로 맛있었어. 그 후 오늘까지 질릴 정도로 먹고 또 먹고 싶다고 계속 생각해 왔다구.

B   그건 그렇다치고, 오늘까지도라니요, 비싸지도 않은 간이도시락인데? 한 개에 만 원 이만 원 하는 것도 아니고. 어디서든지 살 수 있고.

A   그러니까 요상한 얘기지. 아이 참, 요상한 이야기를 한들, 그 일이 지금까지 내게는 요상하지도 어쩌지도 않아, 그러니까, 아니 아니, 알 수 없을 거야. 알 수 없고 말고!

B   정말, 모르겠어요.

A   모르지. 당사자인 나도 알 수 없으니까 …. (휘익 주위를 둘러보고 갑자기 껄껄껄 웃어댄다.) 그건 말이

	야, 하하하, 헤헤, 하하하!
B	왜요? 왜 그래요?
A	… (다시 빙긋이 웃은 다음에) 모르지. 대체 어째서 이런 이야기를 시작하게 된 거지?
B	그러니까요…
A	… (느닷없이 양 팔을 뻗는다. B는 놀라 움찔 몸을 당기고, 오른손을 윗옷 안쪽 호주머니로 가지고 간다.…) 안 보여요? 전부가 그래요. … (말하면서 배낭을 끌어당기고, 스웨터와 수건 등을 끄집어내서 옆에 밀쳐 놓고, 그 아래에서 끄집어낸 것은 간이도시락이다. 하나, 둘, 셋, 계속해서 다섯, 여섯 개, 샌드위치 꾸러미도 섞여 있고, 처음부터 둘이 먹었던 것까지 합하면 열 개는 된다.) 더 내놓으라고 하면, 또 있지, 헤헤헤. 어떻소? (취한 모습으로 아이처럼 자랑하며)
B	으음? … (안쪽 주머니에 넣은 손을 그대로 두고, 어안이 벙벙해서, 탄성을 지른다. A의 배낭에서 폭탄이 나온 것보다도 뜻밖이라는 듯이, 거의 공포에 가까운 눈짓으로 A와 간이도시락을 번갈아 보고 있다.)

문 밖에서 바람이 스치는 소리가 휘잉휘잉 하고 들린다.

A   에헤헤….

B   이게, 이, 이… (더듬고 있다.)

    문 밖에서는 다시 바람 소리가 들리고, 밖의 부서진 판자
가 타당탕 하고 넘어지는 소리가 난다.

A   응? (입구를 돌아본다.) …

B   어? 뭐지?

A   아니, 발소리가 들린 게 아냐?… 누구지?

B   어이쿠, 드디어 왔군! (뜻밖에 정신이 든 것처럼 벌
                떡 일어나서, 토끼처럼 입구로 달려가고, 몸을 구부
                려 문 밖의 어둠 속을 살펴본다. 어느 사이엔가 안쪽
                호주머니에서 꺼내 오른손에 들고 있는 검은 것은,
                콜트의 소형 자동권총이다.) 누구야? … (어둠 속에
                서는 대답이 없다.) 거기 누구야?

A   음? … (어안이 벙벙하여, 그 모습을 보고 있다.)

B   대답하지 않으면 쏘아 버릴 거다! … 누구야? 우리
                조직이냐? 그렇지 않으면, 하카마타(袴田) 파냐? …
                대답하지 않으면… (휘익 문 밖에 바람) 제기랄! (오
                른손을 올려서 콜트의 방아쇠를 당긴다. 그러나 탄환
                은 나가지 않는다. 자동 고리가 짤각 하는 소리를 냈

을 뿐) … 우우? (놀라서 그 콜트를 당황하며 둘러보
고, 다시 문 밖을 엿본다. 낮은 소리로) 염병할!

A   휴우 … (그의 행동을 보고 있지만 B의 살기에 찬
모습이 정상적으로 보이지 않는 듯이, 가벼운 웃음을
짓는다) …

    휘익 하는 바람 소리가 들리고, 이번에는 분명히 마른 가
지가 판자조각을 치는 소리다.

A   아하. 바람이군. 나뭇가지가 꺾인 것 같구만.

B   휴우! … (맥이 빠져서 본래 자리로 돌아간다. 조금
비틀거리며 후우 하고 술 냄새를 풍기고, 오른손을
휘저으며 콜트 권총을 A의 손 위에 놓는다.) 제기랄!

A   (자기 것을 받은 것처럼 자연스럽게 권총을 집어 들
고) 왜 그러지?

B   헤잇. 꼴 보기 싫어! (맥이 풀려 판자 위에 앉는다.)

A   뭐야, 이 … 응? (오른손에 있는 콜트 권총을 왠지
신기한 장난감이라도 보는 것처럼, 만지작만지작 거
리며 총구를 엿본다. 그러자 느닷없이 폭음이 울리
고, 탄환은 A의 목을 스쳐서 오두막집 천장의 어딘가
에 쾅 하고 소리 내어 박힌다.)… 엉? (아직 놀라지

않는다. 다시 방아쇠를 당기는가 했는데, 또다시 한 발의 폭음) 어어! (라고 소리는 내지만, 놀라지는 않는다.)

B 그렇지, 역시 총알이 아직 들어 있었잖아. (힘없이 있다. 두 사람 다 자칫하면 탄환이 A에게 명중했을지도 모를 위험을 내색하지 않는다.) …다 됐어요. 주변에서 사사모토(笹本)하면 알아 줄 정도는 됐었는데. (벌렁 판자 위에 드러눕는다.)

A 하아! (기분이 우쭐해져서, 벌떡 일어선다.) 좋잖아! 가쓰보레, 가쓰보레![2] (노래 부르듯이 말하면서, 권총을 쥔 손으로 춤추듯이 손짓을 한다.) 산수국(甘茶)으로 가쓰보레 와 좋다 좋아! (손으로 박자를 맞추며 양 발을 디딘다.) 바다 위 어두움 속에 하얀 돛이 보인다, 저건, 삿사! (춤추는 손은 살랑살랑) … 저 것은 기노쿠니(紀の國), 야레코레, 고레와이사, 밀감배! (노래의 박자도 춤도 완전히 제멋대로다)

B (춤추고 있는 A를 아래에서 말똥말똥 보고 있었지만) 밀감배라구요? 아저씨, 누구지요?

A 고레와이사! 응? 뭐라구?

B 누구냐구요?

A 나 말이야? (춤추기 시작했을 때와 마찬가지로 갑자

기 춤을 멈추고)… 헤헤, 이름? 이름 같은 거야 무
슨 소용이야.

B 그렇지만, 이렇게 하룻밤을 함께 지내는 것도 인
연이잖아요.

A 인연이라구? … 자네도 젊은 사람답지 않은 소리
를 하는군. 사사모토라고 했던가?

B 그러니까 저도 말했으니까요.

A 아, 아니, 그런 의미로, 이…뭐, 나는 구마모토(熊
本)라고 하지. 구마모토 유조(熊本由三)라고 부른
다오. 도쿄(東京)에서는 말이야. 하하하. 별 볼일 없
는 봉급쟁이였지.

B 구마모토 씨라구요?

A 이름 같은 거 있어도 없어도 그만이잖아. 구마모
토 유조라고 해도 좋고, 도라야마 유카이(虎山由
介)라도 좋아. 아내가 있고 아이가 셋 있고, 나이는
마흔 일곱.

B 마흔 일곱이라구요? 정말요! 나는 또, 예순 정도
되는 아저씬가 했는데.

A 예순이라니, 그럼 서글프지. 언제나 늙어 보이기는
늙어 보이는데, 아무리 그렇다 해도 예순이라면,
에이, 여보시오!

B   아니, 처음에 말이에요. 그게, 이렇게 술을 마시고
        춤추고 있는 아저씨를 보고 있으니까, 이번에는
        마치 한 삼십 전에, 그러니까 나보다 젊은 사람을
        보고 있는 것 같은 느낌이 드니 이상하네요.

A   그건, 하긴, 그럴지도 모르지. 어째서일까, 갑자기
        자기가 젊은 시절로 돌아간 것 같은 … 아니 아니,
        아무래도 이, 젊은 시절에도 이런 기분이 든 적은,
        여태까지 한 번도 없었다고.

B   그래요? 그렇담 반대군요. 난 갑자기 나이가 들어
        버린 듯한 느낌이 들어요. 서른 여섯의 청춘이 쉰
        살 영감 같은, 불쾌한 느낌말이에요.

A   그래, 얼씨구 절씨구!(다시 춤추기 시작한다. 그 모습
        이 조금 약해진 난로의 불꽃에 비춰지고, 검고 큰 사
        람의 그림자가 안쪽 벽과 천장에 흔들흔들 비친다.)

                                                F. O.

3.

F. I.

다시 시간이 흐르고 밤이 깊었을 즈음, 두 사람은 난로를 사이에 둔 마루 위에서 자고 있다.

난로 안에는 달구어진 숯불이 남아 있어서, 아직 밝다. 밝은 불빛 속에 A는 상의와 스웨터를 입고 옆으로 누워 얼굴을 B쪽으로 돌리고 눈을 감고 있다. B는 어디에서 가져 왔는지 누더기 담요를 턱까지 끌어올리고, 벌렁 누워 자고 있다.

… 긴 시간

B   … (몸을 꿈쩍도 않은 채 낮은 소리로 이야기를 시작
           하는데, 잠꼬대처럼 들린다) … 전쟁 탓이래요. 누
           구한테 말을 꺼내 봐도 으레 그렇게 말해요. 전쟁
           탓이라구. 그렇게. … 그렇지 않아, 그 녀석이. …
           먼저, 내가 정복은 했었지만, 전쟁 따위는 하지 말
           아야 했어. 누구한테든. 전쟁이란 말이야, 결국 사
           람을 죽이는 것이잖아? 그리고 죽게 되는 거잖아?
           … 내가 죽였던 건 돼지야. 그래, 야생이지요. 정글

속에서 꼼지락꼼지락 살고 있는 조그마한 흑돼지
요. 그놈을 잡아먹었어요. 그리고 해안으로 나가
물고기를 잡아먹었지요. 감자는 흔히 있는 것이고.
아무튼 먹는 일과 자는 일밖에는 없었는 걸요. 무
턱대고 뒤룩뒤룩 살쪄서는요. 돼지한테는 그거야
말로. 그것이 전쟁이었어요. 적에게도 아군에게도,
여하튼 실탄을 채운 총으로 인간에게 겨냥하는 일
따위는 없었으니까. 우선, 보통 출입하는 데는 총
같은 건 가지고 있을 수 없는 병사였는걸요. 가짜
칼만 허리에 차고 왔다 갔다 하고 있었어요. 평화
든 뭐든, 사람을 죽이는 것은 마치 꿈 같은 이야기
라서요. …그런데 전쟁이 끝나고 돌아와서는 사람
을 죽여 버렸다니까요. 정말 참으로 웃기는 얘기
지요.

A   … 으음. (조금 몸을 움직이고 낮게 소리 낸다. 그러
나 눈을 뜨고 B의 이야기를 듣고 있는 것인지, 잠들
어서 중얼거리는 것인지, 알 수가 없다.) … (다시 조
용해진다.)

사이

B   … (움직이지 않고 가만히 천장을 보고 있더니, 다시 중얼중얼 이야기를 하기 시작한다.) 웃기는 이야기야. 본시, 운이 좋았던 건지 나빴던 건지, 그 섬에서 육지로 돌아온 것은 배로 다른 섬으로 전진할까 말까 망설이고 있는 중에 종전이 되어서인데, 그냥 돌아와 버린 것이에요. 막말로 목숨을 바쳤거나 포로가 되거나 한 동료야말로, 꼴좋게 된 거지요. 우리들은 북북 살이 쪄서 도쿄에 있었는데, 정신차리고 보았더니 전쟁처럼 되었던 걸요, 그러고 나서는요. 결국 전쟁으로 총성이 끊어지지 않고, 세상이 떠들썩하던 시절은 완전히 평화로워지고요, 전쟁이 끝나서 평화인가 했더니, 전쟁이 시작되어 버렸어요. 보통하고 반대였지요. 이 사사모토 고지로(笹本浩次郞)라는 녀석이 바로 그 엇갈린 인생의 주인공이에요. 헤헤헤! 그것도 실은 시시하고, 아무것도 아닌 일로 이런 식으로 되어 버렸다니까요. … 집요? 도쿄로 돌아와서 그리고 종전 후에는 야단법석이었지요. 거기선 지금 말한 대로 좌우도 모른 체, 일없이 허송세월을 보내고

있었어요. 행상 같은 것을 하면서요. 가족이요? 어지간히 전쟁중에 죽을 똥을 싸서, 가족이라고 해야 전쟁 전부터 관계를 가졌던 여자하고 다시 아무튼지 함께 살고 있고, 그 여자의 백부와 나, 세 사람 정도였지요. 가까운 현(縣) 여기저기, 어느 때는 나가노현(長野縣)의 오지까지 돈벌이를 나갔지만, 이미 지쳐서, 전쟁에서 죽었어야 했는데, 일하다 보니 이래저래 살아가고 있다고 할 정도로까지… 그리고 일년 정도 지났을 때, 나가노현에서 돌아오는 기차 안에서 있었던 일인데요. 그건 6월 즈음부터 탔었던 것 같은데, 젊은 미군 병사가 아직 매춘부가 된 지 반년도 안 지났을 것 같은 일본 여자를 데리고 맞은편 자리에 앉아 있었어요. 이 두 사람이 암내가 나는 암캐 수캐처럼, 마치 딱 달라붙어서 떨어지지를 않는 거예요. 당시 그런 풍경은 식상할 정도로 볼 수 있는 것이었으니까. 또 그런가 하고 처음에는 신경도 쓰지 않았어요. … 먼저 그 미군 병사가 여자를 팔 안에 껴안듯이 하면서, 호주머니에서 꺼낸 일본 돈 모두 거스름돈으로 받은 건지 환전이라도 한 건지, 그 당시 여러 가지 작은 지폐가 있었어요. 그 지폐 뭉치 속에서 작은 지폐를 꺼집어내서는 기차 창 밖으로 휙 버리고 있는 겁니다. 종이의 크기로 보아 알 수 있을 것 같은데, 백 원보다 작은 것은 아까워하지도 않고 버리는 겁니다. 그리고 여자와 둘이서 도쿄로 놀러가는데 백 원보다 작은 지폐 같은 것을 사용해서는 시시하다고 생각해서 그런가. 지폐는 바람에 날려 휘익 날아가는 거예요. 함께 있는 여자는 키득키득거리면서 보고만 있고요. 기차 안의 승객들은 놀라서 바라보고만 있었지요. ⋯ 그때부터 나는 이 두 사람에게서 눈을 뗄 수가 없었어요. 그 미군 병사는 그 여자를 정말로 좋아하는 것 같았고. 서양 사람은 바람둥이라고도 하지만. 게다가 병사니까 여자에 굶주렸을 것이라고도 생각해 보았지만, 나 같은 사람도 누군가 함께 있는 것하고, 정말로 반한 것하고의 차이는 알 수 있거든요. 정말로 홀딱 반한 것 같았다구요. 아니 아니, 단지 굶주리고 있었을 뿐이었다고 해도 좋아요. 결국은 같은 것일지도 모르니까. 아무튼 그 병사가 그 여자에게로 착 달라붙어서는, 그 달라붙은 모습이요, 심상치 않았어요. 허리를 꽉 이렇게 바싹대고, 상대의 어깨를 감싸기도 하고, 머리카락을 쓰다듬고,

때로는 목덜미 부근에 키스를 하기도 하구요. 담요로 허리부터 아래까지 함께 덮고 있었는데, 그 담요 밑에서 어떤 짓이 벌어지고 있을지! … 그래요. 그리고 주변은 아랑곳하지 않고, 게슴츠레하게 여자의 눈이랑 입을 보고 있구요. 그런 채로 한 시간, 두 시간, 열차가 다치카와(立川)[3] 근처에 도착할 때까지 말이에요. … 나는 어느새 발이 저린 것처럼 앉아서 두 사람 쪽을 보고 있었어요. … 남자와 여자가 하룻밤을 붙어 있는 것은 수없이 본 적이 있었지요. 꽃전차[4]라는 것은 질릴 만큼, 그거야말로 바로 앞에서 보곤 했지요. 그것하고는 달라요. 전혀 다르다니까요. 어떤 바람둥이의 호색 같은 것을 말하려는 것이 아닙니다. 어떻게 말하면 좋지. 그러니까, 동물이 본성을 드러내 놓고 있다고 해야 할지, 인간 동물 뭐라고 말하든지 상관없는데, 그 남자가 여자에게 하는 그러니까 남자라는 동물과 여자라는 동물이 하는 그렇다기보다는, 살아 있다고 하는 것의 중심(中心)이라고나 할까. 이렇든 저렇든, 상놈이라도 그보다 못한 상놈도 없겠지만, 그렇지, 신성(神聖). … 신성이라고 해도 좋아요. 그런 녀석이 있었어요. 아무튼 입으로는

31
하룻밤

다 말할 수가 없고요. 이렇든 저렇든 황홀해지는 풍경이었지요. 두 시간 남짓 내가 숨을 쉬고 있는 것도 잊은 채, 그 녀석을 보고 있었으니까요. 그 두 시간 남짓 사이에, '나'라는 인간이 글쎄 변해 있었던 것입니다. 혁명. 웃을지도 모르지만, 마치 인간이 뿌리째 변해 버린 것이니까, 역시 혁명이죠. 아니요, 저로서는 그런 일은 알 수가 없어요. 가쓰미(ヵッミ)가 그렇게 말했어요. 가쓰미는 내 내연의 처라고 해야 하나, 고것이 그날 밤 나와 함께 자고, 그리고 그 다음날, 그렇게 말하더라구요. 완전히 변해 버렸다고. 헤헷, 미군 병사랑 매춘부처럼, 그쪽에서 뭔가 맹렬한 짓을 해서, 아내가 그런 걸 말한 것이라고 생각했더니, 그렇지가 않더라구요. 사람이 변했다는 거예요. 백팔십도 변했다는 거죠. 저로서는 잘 알 수가 없었어요. 뭔가 이상하게 되어 버린 듯한 느낌이 들지만, 막상 어디가 어떻게 된 건지 나로서는 알 수 없었습니다. … 그러는 중에, 딱 떠오르는 것이 있었지요. 역시 그건가 하고 생각했어요. 그건 바로 그 가쓰미가 그걸 계기로 해서 완전히 변했던 거지요. 여자는 남자하기 나름인 것 같더라구요. 아무튼 그때까지 알지

못했던 것이 남자와 여자 사이에 있다는 것을 알았어요. 그러자 돌연 이 세상이 지금까지와는 다른 것처럼 보이기 시작했어요. 그렇게 말하더라구요. … 아무튼지 그때까지 평범하다고 해도 지나치게 평범한 서른 세 살의 아내가 느닷없이 매춘부 같은 여자가 되어 버렸다니까요. 이제 집에 가만히 눌러 있지를 않아요. 남자를 두 명, 세 명 단번에 만들고요. 그리고 경마나 주식에 손을 대기 시작했지요. 그 변한 모습―그것이 전부 내가 변했기 때문이라는 겁니다. 그 후로는, 백팔십도 바뀌어서, 지금까지의 지옥이 극락으로―아니면 극락이 지옥으로일까―되어 버려서, 두 사람 다 마치 몸속의 피가 부글부글 끓더라구요. 나는 이전에 알고 있던 요코하마(橫濱)의 토건상(土建屋)에서 가게를 빌려서 닥치는 대로 악랄한 장사 수완을 부렸지요. 그리고 그 후로는 엉망진창이었죠, 알 수 없어요. 전쟁이에요. 온통 모든 것이 말예요. … 그런 거예요. 세상이 평화로워지고 나서 나는 전쟁이 된 것입니다. 그리고 오륙 년, 아니 이제 온갖 일을 해 보아서, 그리고 이번에는 완전히 이 좁은 세상 안에 갇혀 버렸어요. … 그렇죠. 아무래도,

그런 모양이에요. 뭐랄까, 시작은 아무것도 아닌 조그만 일이었는데. 헤헤헤, 지금 생각해 보면, 특별하지도 어쩌지도 않은 이야기지요. 뭐, 갑자기 얼마간의 돈이 필요해져서는요. 곧 조금 몹쓸 짓을 하기 시작하고 … 아니 아니, 처음에는 그다지 그럴 생각은 없었어요. 그 순간. 그 순간에, 그만, 그렇게 하게 되고 나서는요, 삼사십만, 아무튼 손에는 들어왔지만, 그대로 붙잡힐 이유도 없고 해서 도망쳤지요. 여기저기 온천장을 보름 동안 돌아다녔나? 이 산기슭 마을까지 와서, 이상한 광천여관에 하룻밤 머물고, 다음날 아침 결국 오늘 아침에요. 돈을 세어 보았더니, 쓸 만한 돈은 보름 동안에 다 써 버리고 무일푼이 되었네요. … 아무 일도 없고, 돈은 여기까지 도망쳐 온 만큼 모두 날아갔고. 플러스 마이너스, 제로. 남은 것은, 지친 몸뚱이뿐입니다. 어떻게 말하면 좋을지? 덕분에, 까딱 잘못하면, 나는 끝났겠지요? 그런데 말예요 … 헤헤. 하긴 돈, 돈 하지만, 본래 그건 종이잖아요. 종이조각에 지나지 않는데. 그렇게 말하는 것이 틀린 것은 아니지만, 그 종이조각 때문에, 인간…

거기에서 불쑥 말을 끊고 가만히 천장을 보고 있다가, 이윽고 A쪽으로 얼굴을 돌리고, A의 잠자는 숨소리에 귀를 기울인다. A는 꿈쩍도 하지 않는다. … B는 갑자기 일어난다. 두리번두리번 오두막집 내부를 둘러보고 나서, 다시 A가 잠든 모습으로 향한다. 그 눈이 이상하게 빛나고 있다.

　… 어느 사이엔가 난로의 숯불이 새하얗게 되어 있다. 어두운 산 속의 적막함이 이 오두막에 엄습해 있다.

B　　　… (낮은 목소리로) 이봐요. …아저씨.. … (그래도 A
　　　는 움직이지 않는다. B가 가만히 일어나서 소리를 내
　　　지 않고 A의 베갯머리로 다가가서, A의 잠자는 얼굴
　　　을 내려다본다. 이어서 조금 떨어진 곳에 놓여 있는
　　　배낭을 쏘아보듯이 바라보고 있었지만, 이번에는 A
　　　의 얼굴에 시선을 돌리는 것과 동시에 오른손으로
　　　안쪽 호주머니의 권총을 잡고 철컥 소리를 내고 방
　　　아쇠를 올리고 있다. 그 손이 덜덜 떨리고 있다.)…
　　　이봐요, 저기… (낮게 말을 걸지만 소리가 이어지지
　　　않고, 그대로 멈추고, 총구를 A의 이마에 가까이 댄
　　　다. 소리가 나지 않도록 이를 악물고 있다. … A는 꿈
　　　쩍도 하지 않는다. B는 입 속으로 읍 하고 눈을 감고
　　　발사하려고 한다. 그 아래에서 A가 천천히 몸을 돌려

눕는다. B가 놀라 물러난다.) … 휴우. … (물러나서 바라보니, A는 또 쿨쿨 자는 것 같다. B는 허탈해 하며, 권총을 가볍게 내린 채로 A의 배낭 바닥을 곁에서 발끝으로 찔러 본다. 그러고 나서 잠시 A쪽을 돌아보고 나서, 스윽 배낭 안에 왼손을 쑤셔 넣고 내용물을 더듬어서, 끄집어낸 것은 다시 간이도시락이 하나, 또 하나. 계속해서 얇은 수첩이 한 권. 그러고 나서 백 원짜리 지폐를 묶어 놓은 것 세 묶음, 네 묶음, 다섯 묶음, 여섯 묶음까지 꺼내고, 그리고 자고 있는 A를 살펴보고 있다. … 끝으로 실망한 듯, 화난 듯한 얼굴로 돈 다발을 배낭에 다시 담고, 토방에 내려와, 걸으려고 하다가 입구 쪽으로 향한다. 열려 있는 문에서 밖으로 나가, 문지방에서 갑자기 멈추어 서고 뭔가를 생각하고 있다. 이윽고 꿀꺽꿀꺽 침을 삼키는 소리를 두세 번 내고 나서, 옆 기둥을 붙잡고, 흐느껴 운다. 소리는 거의 내지 않는다. … 울음을 멈추고 털썩 기둥 끝에 주저앉아 버릴 것 같았지만, 도중에 다시 일어서서 휘청휘청 문 밖의 어둠 속으로 사라진다.) …….

…찌지직 적막한 소리를 내고, 난로 속의 다 타 버린 장작

이 허물어진다. 문 밖은 썰렁하니 바람 소리도 끊겨 있다.

A   으으 … (벌떡 일어난다. 그때까지 자고 있었던 것
           인지 자는 시늉을 하고 있었던 것인지, B의 모습이
           보이지 않는 것을 알고도 별난 표정을 보이지도 않
           는다. B가 나간 문 쪽으로 눈을 돌리기도 하며 멍하
           니 있었지만, 이윽고 뺨을 손끝으로 문지르면서 천천
           히 일어나 그 주변을 둘러보고, 자신의 배낭을 만져
           보고 나서, B의 가방 옆으로 간다.) 흥.…(가방을 내
           려다보고 있던 눈을 다시 한 번 입구 쪽으로 돌리고
           나서, 자기 것을 여는 것처럼 가방을 열고, 안의 물건
           을 꺼내 보고는 가방으로 다시 넣는다. 양말, 와이셔
           츠, 가는 노끈, 긴 가죽지갑, 서너 개의 약병 등이 있
           다. 마지막에 검붉은 액체로 잔뜩 더럽혀진 와이셔츠
           가 나온다. 끈적끈적한 피를 닦은 듯도 하고, 또 자동
           차인지 뭔지 차바퀴라도 닦은 것처럼도 보인다. 다른
           손으로 끄집어내 보니 뭉쳐 있어서 버석버석 소리가
           난다. … 보고 있자니 A는 자연히 몸이 웅크러든다.
           그대로 눈을 검붉은 셔츠에 고정시킨 채 움직이지
           않고 있다.) …

문 밖의 조금 떨어진 곳에서, 돌아오는 B가 돌멩이를 밟는 소리가 들려온다. 그것을 들은 A가 별로 당황하지도 않는 모습으로 셔츠를 가방에 다시 넣고, 천천히 일어서서 그때까지 자기가 자고 있던 곳으로 돌아가, 본래대로 아무렇게나 드러눕는다. ⋯

　바로 그때, 돌아온 B의 모습이 입구에 보인다.

F. O.

4.

F. I.

　조용한 아침 햇살이 오두막을 감싸고 있다. 새들이 지저귀기도 전의 이른 시간이다.
　A와 B는 다시 일어나서 난로에 불을 지피고, 얼굴을 씻은 후, 묵묵히 지난밤에 먹다 남은 간이도시락과 샌드위치로 아침 요기를 하고, 따뜻한 물을 마시고 있다. 침묵은 이렇다 할 이유가 있는 것이 아니고, 이른 아침의 밝은 빛 속에서 자연

히 말 수가 적어지게 된 듯하다.

A   … (두세 개 뒹굴고 있는 위스키 병에 약간 남았던
         술을 목젖을 보이며 들이마시고 있다) 허허, 정말로
         이렇게 맛있는 것이었나?

B   꽤 술이 센데요. 정말이에요?

A   뭐가?

B   아니지요, 지금까지 마시지 않았다고 한 말?

A   천만에. 나도 깜짝 놀랐다니까. 후후… (두 사람 사
         이에서 지난밤과 다른 점이라고 하면, 서로의 말이
         퉁명스러워진 것뿐이다)

B   그렇다면, 두세 병 정도 더 가지고 오는 건데.

A   어렸을 때부터 말이야. 어딘가 다른 곳에 특별한
         곳이 있을 것 같은 느낌이 들었지. 보는 것 듣는
         것, 먹는 것이든지 입는 것이든지 모조리, 지금 내
         앞에 있는 것이, 모두 그 거짓의, 가짜이고, 진짜는
         다른 곳에 그대로 있다고. … 왠지 그런 느낌이 자
         꾸만 들더라고. 그래서 늘 눈앞에 있는 것에 속고
         있었던 듯한, 어디까지 가도 흉내만 내고 있는 듯
         한 느낌이 들어서 말이야. 알겠어? 무슨 말인지. …
         어린 시절부터 그랬었다니까.

B	헤에?
A	그러니까, 그럼, 세상을 이용해 먹어야지 하고 생각하게 되었느냐 하면, 천만의 말씀이지. 전혀 반대로 어린 시절부터 성실하기만 하고, 어른이 되어서도 목석 같은 사나이였다고나 할까, 직장을 다녀도 한 회사에서 이십 년이나 견디었지. 휴우-- 그래서는 말이야. 어디에 있고 뭘 하든지, 그곳이 내가 있을 만한 곳이 아닌 거야. 진짜 있을 장소는 따로 있어. 그렇게 멍하니 허탈해진다니까.
B	무슨 말인지 모르겠어요.
A	그러던 것이, 오늘 아침 잠에서 깨니까 말이야, 너무나 추워서 눈을 뜨고, 이 오두막 속을 둘러보면서 불쑥 정신을 차리고 보니, 그런 느낌이 없어졌어. 아니, 그, 지금 이 일이 순 가짜라는 느낌이 말이야. 이상하지. … 생각해 보니까, 지난밤 여기에 도착하고, 자네를 만났을 즈음부터인 것 같아.
B	위스키 탓 아닌가요?
A	그럴까? 아무튼지 정말로 딱, 이 진실 말이야, 내가 살아 있다는 느낌을, 태어나서 처음 알 수 있을 것 같아. 잠이 깬 것 같기도 하고, 무서운 느낌이 드는 것 같기도 하구만.

B	그러고 보면, 아저씨 얼굴은 지난밤 처음 만났을
	때하고는 아주 달라졌어요.
A	그렇지? 그럴 거야, 자네? ⋯ (싹싹 손바닥으로 얼
	굴을 문지른다.) 후후후 ⋯ 자네, 미안하지만 그 권
	총 좀 빌려 주지 않겠나?
B	권총이요? 뭐하게요?
A	만져 보고 싶네. 좀 줘 보게.
B	그러죠. (의외로 시원하게 안쪽 주머니에서 꺼내 A
	에게 건넨다.) 실탄이 아직 들어 있으니까, 그 안전
	장치를 위로 올려서는 안 돼요.
A	뭐, 어때! 그냥⋯ (안전장치를 올려버린다.) 이렇게
	말이야? (B를 겨냥하는 흉내)
B	⋯ (놀라 정색을 하고 자리를 뜨려 한다.) 뭐해요?
A	하하하. 얼굴이 노래졌군
B	장난이 아니에요.
A	그렇겠지 ⋯ (요점 없이 말하면서 권총의 총구를 살
	펴보더니, 그것을 자기의 관자놀이에 갖다 댄다.) 이
	걸 이렇게 당기면 인생 종치는 것이겠지? ⋯ (그런
	상태로 이야기를 계속한다.) 가족은 말이야. 나한테
	는 아내와 아이가 네 명 있네. 아이들 중에서 위
	둘은 남동생의 자식이지, 그럴 거라고 생각하네.

나머지 둘이 말하자면 내 씨야. 그러니까 내 아내
는 처음엔 내 동생의 처였는데, 그 동생이 갑자기
병으로 죽고, 내가 그 뒤에 남편이 되었던 거야. 그
러니까, 어렸을 때부터, 아까 말한 것처럼, 모든 것
이 정말이 아닌 것 같은 느낌이 드는 탓인지, 여자
와의 인연도 없이 서른 살이 지나도록 그저 독신
이었으니까, 동생이 죽은 후 아내가 두 아이를 데
리고 갈 만한 곳은 없고, 친척들도 그렇게 하라고
들 해서 내가 남편이 되었던 거지. 형이 죽고 동생
이 이렇게 하는 경우는 간간이 있지만, 나는 그 반
대였지. 좀 보기 드물잖아. … 본래 동생의 아내를
싫어하지는 않았었고 … 그렇다고 특별히 좋아했
던 것도 아니지만 … 역시 그 상황이 여자를 원하
기는 원했었지. 하나의 방편이었는지도 몰라. 아내
도 그렇게 해서 잘 수습이 되었고. 나로서는 그런
대로 행복했었으니까. 그 증거로 열심히 벌었고,
그 후 이십 년이나 식구들을 먹여 살렸으니까. …
그렇지만, 그때부터 한층 심해진 것 같아 지금 말
한 대로, 내 눈에 보이는 것이 전부 거짓이라는 기
분. 그런 거야.

B   모르겠어요, 저는.

A   어라, 안 되는데!

B   예?

A   아니야, 이거 당기는 거 말이야, 여기에서 당기려
        고 해도, 막상 당기려니까 안 돼.

B   위험해요!

A   그래. (라고 말하면서 권총을 B에게 건네주고) 이제,
        됐네. 어떤가? 이걸 가지고 나를 향해 한 번 당겨
        주지 않겠나?

B   예? 어째서… 죽으려는 거죠?

A   행복한 기분이 될 거라는 생각이 들어. 후련하게.

B   그러니까 죽는다구요?

A   죽는다!? (의아스러운 듯이 B를 본다.)

B   아저씨, 어떻게 된 거 아닌가요?

A   … 그래 맞아. (한동안 멍하니 있더니, 배낭 쪽을 턱
        으로 가리키고) 삼십만 원은 아직 있을 거야. 몽땅
        자네가 가져도 좋네.

B   예? 농담 말아요.

A   농담이 아니라니까.

B   어렵게 번 돈이잖아요.

A   … 휴우, 힘들었지. 그만큼 모으는 데 말이야. 관공
        서에 근무하면서 꼬박 이십 년이나 걸렸는데 말이

야. 하긴, 그간 가족들을 먹여 살려 왔으니까. 남은 것이 그건가?

B   공무원이요? 그렇다면, 아저씨는?

A   뭘, 남에게 말해야 대개 알지도 못할 관공서라네. 농림성 소속의 조그만 곳이야. … 근래에, 뭐야 지금 말한 진짜가 아닌 듯한 느낌이 더 더욱 심해졌어. 아내가 신경쇠약인 것 같으니까, 직장을 쉬고 한 번 온천에라도 갔다오라고 하더군. 뭐 먹는 것도 잘 먹고, 잘 자고, 몸 어디도 아무렇지 않은 신경쇠약 같은 게 있을 리가 없잖아. 아니, 신경쇠약이라도 걸릴 만한 신경을 가지고 있다는 것은, 아직 기대할 만하지. 그런데, 모두가 그렇게 말하기도 하고, 온천도 나쁘지는 않다고 생각해서 떠나야겠다 하고, 지금까지 저축해 온 돈을 모두 찾았더니 삼십만 하고 조금 더 있더군. 허허허… 이만큼 모으기 위해서 쉰 살이 되도록 일하고 있었던가, 하고 생각하니 말이야. 좀 묘한 기분이 들었지만, 특별히 뭐랄 것도 없고, 그걸 가지고 집을 나와서 온천을 두세 곳 여기저기 다녔지만, 조금도 재미있지가 않다네. 신경쇠약도 뭐도 아니니까 온천에서 지내 보아도 그다지 도움이 될 것도 없고. 우

선, 애써 가지고 온 돈을 쓸 곳이 없어. 당장, 많아야 사십만이 되지 않는 돈… 싹 써 버리려고 생각한 놈이 어떻게 쓰면 좋을지 알 수가 없는 거야. 아니, 아깝다는 것이 아니야. 그런 마음은 없어. 뭐 낭비가 되든지 어쩌든지 하려고 생각해도 쓸 곳이 없다니까. 정신 나간 이야기이고… 갖고 싶은 것이 아무것도 생각나지가 않네. 겨우 열차에서 간이도시락을 살 정도가 고작이고… 무정하게도, 그 간이도시락이 뭐랄까 지독히도 맛이 없어. 전혀 먹을 맛이 안 나네. … 기가 막혀서 맹하게 된 거지. 점점 더 재미없게 되어 버린 거야. 집에 돌아가도 도리가 없을 거고. … 그래서 나도 모르게 여기까지 오게 된 거야. … 그랬더니, 갑자기, 어쩐 일인지, 잠에서 깨어난 것 같은 느낌이, 뭐라고 해야 할까?

B   그럼, 아무튼, 그 잠에서 깨어났으니까 이대로 도쿄로 돌아가서, 기운을 내고 지내면 되지 않겠어요?

A   글쎄, 말이야. 그러나 그것도 귀찮은 느낌이 들어서. 다시 똑같은 느낌으로 돌아가는데, 어찌. 생각만 해도, 복잡하고, 나른해지는구먼.

B   그럴까요? 저라면요, 일년이 천 일이 있다고 하고,

그래서 백 살까지 살아 있다고 해도, 이것저것, 해도 해도 부족한 느낌이 드는데요. 이놈 저놈 다, 이 세상 인간에게 실컷 복수를 하고 싶어요. 내가 살아 있다는 것의 당당함을. 이 마음을 보여 주고 싶어요. 먹어도 먹어도 먹기에 부족하다는 것을요.

A　　　… 그렇다면, 나이 탓일까? 늙어 버려서 힘이 다 빠진 것인가?

B　　　그 정도 나이는 아니잖아요.

A　　　그런가? 그렇지. 젊은 시절부터 이런 상태였었으니까. 나이 탓이 아닐 거야. 역시 진짜라는 것이 다른 곳 어딘가에 있는 걸까. … (멍하니 위스키 병을 지켜보고 있다.)

B　　　그래서. … (들고 있는 권총의 안전장치를 원래대로 돌려놓는다.)

A　　　… 돈은 필요 없는가? 일년이 천 일이나 돼도 좋다면, 돈 또한 얼마가 있든지 좋을 것 아냐?

B　　　그건 … (하고 말을 하며, 다시 A의 얼굴에 눈을 돌리고, A가 진지하게 말하고 있는 것을 보며, 섬뜩 놀라서 일어선다) …

A　　　… 그렇다면 뒤에서 쏠 건가?

B　　　… 그렇게 말하지 말아요. 그런 인간은 아닙니다.

A   그러니까…

B   적어도 하룻밤을 함께 지내고, 같이 먹고 마시고 했는데 …

A   일기일회(一期一會)라더니.

B   에?

A   불경에 그런 말이 있어. … 제트 비행기끼리 서로 공중에서 부딪치는 것 같은 거지.

B   그래서 여기에서 아저씨하고 헤어지면, 뭐야, 두 번 다시 만나는 일은 없겠지만요. (아까부터 이야 기하면서 가방 정리를 하고 있었던 것이, 이때, 일어 날 준비가 다 되었다.)

A   그러니까 만난 김에 서로 죽여 줘도 좋겠고, 그렇 지 않으면 서로가 끌어안아도 좋겠다는 거여.

B   (상대의 이상하리만큼 진지함을 받아들이지 못하고) 헤헤, 남색하자는 것도 아니고, 남자끼리 서로 끌 어안고 울자는 것도 아니고.

A   … (한동안 상대를 보고 나서 쓸쓸히, 잠긴 목소리로) 그래서, 이제부터 자네는 어디로 가나…?

B   일단 이 밑으로 내려가, 가는 데까지 가서, 갈 수 있으면 에치고(越後)로 빠지려구요.

A   나쁜 짓은 안 할 테니까, 일단 요코하마(橫濱)로 되

	돌아가서, 그러니까 어떤 일을 저지르고 왔는지 모르지만, 직접 가서, 아무튼지 몸을 깨끗이 하고, 나머지는 그 다음에 하는 것이 어떻겠나?
B	자수 말인가요? 농담하지 말아요. 그럴 문제가 아니에요. 도망치고 도망쳐서 누군가에게 맞아 죽게 될 때까지 … 인간이 아니라도 좋고, 신이라도 좋아요. 신에게 벌을 받아서, 죽게 될 때까지, 살아남아야 해요. 마지막 가는 데까지, 스스로 돼지는 짓은 하지 않아요. 흐흥, 이 세상일은요. 무엇이 옳고 무엇이 나쁜지 누가 알겠어요! 사는 자만이 이길 수 있어요. 영차. (가방을 든다)
A	그러니까 아직 젊기도 하고, 깨끗하게 다시 시작하면, 다시 한 번 해 볼 방도가 있지 않을까?
B	헤에? 무슨 고리타분한 소릴 그렇게 하는 거예요! 아저씨도 마찬가지가 아닌가요? 나이를 배나 먹은 것도 아니고.
A	나이 문제가 아니야. 나는 어느쪽으로 가도 마찬가지라고. 음. 내 자신이라는 것이 없으니까.
B	그렇담 이제부터 도쿄로 가는 건가요?
A	글쎄… (멍하니 서서 배낭을 한쪽 어깨에 걸치고, 간이도시락의 빈 상자를 난로 속에 던진다.) … 이 오

두막집도 이제부터 추워지면, 어떻게 될지 모르겠네?

B　　　　이제 봄이 오기까지는 아무도 안 오겠죠. 여름이 되어서야 산행을 하는 사람들이 가끔 들르지만. 이제부터 한 달 있으면 바로 눈이 내리겠고. 눈이 내리는 대로 쌓이기 때문에, 아무튼 칠팔 척은 쌓인다고 해요.

A　　　　눈에 파묻히겠군. 그렇다면… (문 밖을 내밀어 본다. 빈 상자가 난로 속에서 찌지직 타오른다.) 그럼, 뭐, 이걸로 뭐하지만, 자네도 조심하게나.

B　　　　… 이 아래까지 함께 가지 않겠어요?

A　　　　아니, 나는 걸음이 늦으니까, 나중에 천천히 갈게.

B　　　　그래요? 그럼, 뭐… (가방을 들고 총총 걸음으로 입구 쪽으로 걸어가다가 걸음을 멈추고 A를 본다.)

A　　　　휴우… (낮게 중얼거리고, 그도 B를 멍하니 지켜본다. 서로 말끄러미 바라보고 서 있다. … 사이. … 아침의 가벼운 바람 소리가 들리고, 저 멀리서 새들이 지저귄다.)

B　　　　… (입 속으로 무언가 중얼중얼 한다.)

A　　　　응?

B　　　　가슴 속은, 완전히 다 말해 버리고는… 털어놓고

말하면 돼요. …아니, 제가요. 왜 안 되나요?

A 뭐라구?

B 으음. …쓸쓸하네요! 그렇지 않아요? (이를 악물고, 노려보듯이 A를 본다.)

A 그런가… (힘이 빠진 듯이 우두커니 서서 상대를 따라가려고도 하지 않는다. 조금 전과 지금 두 사람의 갈림길이 멀어져 가는 공허함에, 난로 속에서 도시락 상자가 찌지직 찌지직 하고 타는 소리를 낸다.)

B … (실망한 듯, 양 어깨를 축 늘어뜨리고, 갑자기 몸을 휙 돌려 총총 걸음으로 출구로 걸어가, 문 밖으로 나가서, 오른쪽으로 사라진다.)

A … (그걸 가만히 보고 있었지만, 아직 손에 남아 있는 빈 상자를 쓱 난로 불 위에 던진다. 그것이 곧바로 찌지직 하고 타기 시작하는 것을 바라보고 있다.)… (자기가 자기에게 무언가 말하려는 것처럼, 무언가를 말하지만 입 속에서 웅얼웅얼 할 뿐, 말이 되지 않는다. … 팔에 걸치고 있던 배낭의 끈을 왼쪽 어깨에 둘러메고, 느릿느릿 걷기 시작한다. … 문 밖 멀리에서 바람이 스치는 소리. … 출구 있는 데까지 가서, B가 떠난 문 밖의 오른쪽 멀리로 눈을 향하지만, 이미 B의 모습은 보이지 않는 것 같다. 문지방을 밟고 나서

돌이켜 생각하고, 뒤돌아서 오두막의 내부를 둘러본다. 천장에서 마루, 벽, 난로 등을 천천히 보고 나서, 시컴한 토방에 눈을 떨어뜨리고 가만히 있다. 울적할 만큼 조용하다) …아 어머니! (목 메인 소리로 부르고, 그 자신의 소리에 귀를 기울이듯이 있었지만, 단지 그뿐으로, 아무런 감상에 젖지도 않고, 휘익 몸을 돌려서 문지방을 넘어서 천천히 출구의 정면을 향해 쭉 걸어간다. 그 뒷모습이 열려 있는 출구의 사각 하늘 빛 속에 선명하게 보였지만, 이윽고 발쪽에서부터 서서히 사라지는 것처럼 없어지고, 맑게 갠 아침 하늘만이 남는다.)…

난로 속에서 빈 상자가 찌지직 소리를 내면서 불길이 번지고 있다.…

아주 멀리에서 새 소리가 들린다.

– 막 –

해설

　이 작품은 『군상(群像)』제12권 제6호(講談社, 1957. 6)에 실린 미요시 주로(三好十郎, 1902~1958)의 「하룻밤(一夜)」을 번역한 것이다.

　미요시 주로는 규슈(九州)의 사가현(佐賀縣)에서 태어났으며, 백부(伯父)의 차남으로 입적되고, 무사(武士) 미요시(三好) 집안의 양자로 자랐다. 태어났을 때부터 대학을 졸업할 때까지 어려운 환경 속에서 보내야 했다. 1925년 와세다(早稻田)대학 영문과를 졸업했고, 졸업논문은 「윌리엄 브레이크」를 썼다. 재학중 『와세다문학』에 시를 발표하고, 시인으로 문단에 데뷔했다. 1928년 쓰보이 시게지(壺井繁治) 등과 좌익예술동맹을 결성하여 『좌익예술(左翼藝術)』을 창간하고, 마르크스주의에 기운 희곡 「머리를 벤 것은 누구냐(首を切るのは誰だ)」를 처녀작으로 발표했다. 그러나 때마침 성립된 NAPF(전일본무산자예술운동)에 합류하면서, 이 잡지는 1호로 종간되고 말았다. 이때부터 그는 희곡에 열의를 보이고, PROT(일본 프롤레타리아 연극동맹)에 가입하였다. 그리고 「탄진(炭塵)」(1930)을 간행하고, 좌익 극작가로 주목받았다. 그러나 그는 PROT의 조직 내부에 견고하게 뿌리 내리고 있는 인간부재의 공식주의와 관료적 발상에 불신을 품고, 마르크스주의에도 회의를 느낀다. 그래서 PROT를 탈퇴하고, 좌익의 진영을 떠났다. 그리고 1946년에는 희곡연구회를 열고 극작가를 양성했다. 그의 작품은 타협을 모르는 진지하고 강렬한 개성이, 서민의 심정에 부응해서 쇼와(昭和)라는 격동의 시대 속에서 실감을 통해 옮겨 온 것이며, 생명이 긴 '현대극'이다. 그 외 작품으로는,「상처투성이의 오아키(疵だらけのお秋)」(1928),「칼맞은 센타(斬られの仙太)」(1933),「부표(浮漂)」(1939),「폐허(廢墟)」(1947),「그 사람을 모른다(その人を知らず)」(1948),「태내(胎內)」(1949),「불꽃 사람(炎の人)」(1951) 등, 57편의 희곡과 다수의 라디오 · 드라마를 남겼다.

「하룻밤」은 1958년, 미요시 주로가 생애를 마치던 해에 쓴 작품이다. 만년의 삼년간은 안정을 필요로 할 만큼 건강이 좋지 않은 상태였지만, 그의 창작력은 조금도 줄지 않고 계속되었다.「하룻밤」은 읽는 것만으로도 흥미로운 희곡이며, 일본인다운 강렬한 체취를 담은 작품이다. 사십 칠 세의 남자 구마모토(熊本)와 삼십 육 세의 남자 사사모토(笹本)는 늦가을의 어느 날 해질녘에, 산속 오두막집에서 우연히 만난다. 구마모토는 죽은 동생의 처와 자식을 받아들여 늦은 결혼을 하고, 다시 두 명의 자식을 낳아서 열심히 살아왔다. 그러나 구마모토는 어려서부터 자신의 삶 속에서 진실을 찾지 못하고, 어딘가에 있을 진짜 삶을 그리며 방황한다. 이십 년간 벌어서, 쓰고 남은 돈을 모두 가지고 집을 떠나 왔지만, 돈을 쓸 곳도 없고, 여전히 삶의 의욕을 찾지 못한다. 사사모토는 전쟁을 겪었을 뿐만 아니라, 현실 생활 속에서도 고달픔이 연속되는 삶을 살아왔다. 결국에는 빚에 쫓기고, 살인을 한 도망자의 신세가 되어, 산속 오두막에 찾아온다. 어떻게든 살아남고 싶지만, 돈도 없고 다른 방도도 없다. 극명하게 다른 입장에 있는 두 남자는, 이 오두막에서 각자가 원하는 삶을 맛볼 수 있는 순간을 맞이하지만, 그 속에 젖어 들어가지 못하고 다시 각자의 길을 향해 떠난다.

유즈루(夕鶴)

기노시타 준지(木下順二)

온통 눈으로 덮인 어느 마을에, 외롭게 서 있는 오두막집
한 채. 그 뒤에는 붉게 물든 석양으로 가득 찬 하늘이 보인다.

멀리서 들려오는 아이들의 노래

할아버지 입으실 두툼한 옷감
할머니 입으실 두툼한 옷감
털커덕 찰칵 찰칵 찰칵
털커덕 찰칵 찰칵 찰칵

집 안에는, 화롯가에 잠들어 있는 요효가 보인다.

노래가 멈추고 아이들이 뛰어나온다.

아이들   (소리를 맞추어서, 노래하듯이) 아줌마! 아줌마! 노
           래 불러요. 아줌마! 아줌마! 함께 놀아요. 아줌마!
           아줌마! 노래 불러요.

요효   (잠에서 깨어나며) 뭐여! 무슨 일여!

아이들   아줌마! 함께 놀아요. 아줌마! 노래 불러요. 아줌마!
           아줌마!

요효   뭐, 쓰우 말이여? 쓰우는 없는디.

아이들   없어요? 정말요? 재미없다. 어디에 갔나요?

요효   어디 갔는지, 난 모르는디.

아이들   어디에 갔나요? 언제 오나요? 요, 요, 요효 아저씨.

요효   거 귀찮게 하네. (일어선다.)

아이들   (도망치면서) 와 도망가자. 요효 아저씨가 화났다.
           요효, 요효, 요효 아저씨 바-보!

요효   헤헤. 애들아 도망가지 마, 내가 너희들하고 놀아
           주마.

아이들   뭐하고 놀아요?

요효   뭐하고 놀까?

아이들   넨가라(ねんがら).[5]

요효	좋아, 넨가라.
아이들	노래.
요효	좋아, 노래.
아이들	눈싸움.
요효	좋아, 눈싸움. (말하면서 아이들 속으로 들어간다.)
아이들	술래잡기.
요효	좋아, 술래잡기.
아이들	사슴아, 사슴아, 뿔이 몇 개.
요효	좋아, 사슴아, 사슴아, 뿔이 몇 개. 자아 시작한다.
아이들	사슴아, 사슴아, 뿔이 몇 개. (반복하면서 뛰어간다.)
요효	(쫓아가려다가) 아참, 쓰우가 올 시간이지. 국을 데워 놓아야 해. 나에겐 너무나도 소중한 쓰우여. (냄비를 불에 얹는다.)

쓰우가 안에서 쓰윽 나온다.

쓰우	여보! 어머, 당신….
요효	쓰우, 어딜 갔다 오는 거여?
쓰우	예, 좀…. 당신, 왜 부엌에서….
요효	헤헤, 쓰우가 돌아와서, 국이 식어 있으면 안 되잖여. 불에 얹어놓고 있는 참인디. 에헤헤.

쓰우   고마워요. 곧 밥상을 차릴게요.

요효   그려. 그럼, 난 좀 놀고 올 거구만. 넨가라 할 거여.

쓰우   네! 넨가라요?

요효   그리고 눈싸움, 그러고 나서 노래.

쓰우   그리고… 술래잡기. 그러고 나서 사슴아 사슴아 뿔이 몇 개, 할 거지요?

요효   그려, 사슴아 사슴아 뿔이 몇 개 할껴. 쓰우도 같이 허자.

쓰우   하고는 싶지만, 식사 준비를 해야지요…

요효   괜찮응께, 이리 와. (잡아당긴다.)

쓰우   안 돼요.

요효   오라니까 이리와. 자 같이 놀자구.

쓰우   안 돼요. 안 된다니까요. (웃으면서 끌려 나간다.)

　　멀리에서 들려오는 어린이의 노래 ―
　　소도와 운즈가 나타난다.

소도   이봐! 저 여자가 요효의 마누라여?

운즈   그려. 요효 녀석. 어디서 이쁜 마누라를 얻어 왔는지. 그 주제에 호박이 넝쿨로 들어왔지. 요즘엔 그저 화롯가에서 잠이나 자며 지낸다는디.

소도	바보는 바보라도… 전엔 무던한 일꾼이었는데 말이여. 그런데 어쩌다가 저 바보한테 저런 이쁜 마누라가 들어왔담!
운즈	언제 어디서 왔는지도 모르게 나타났지만… 그 덕분에 요효는 손 하나 까딱하지 않고도 벼락부자가 됐다구!
소도	이봐, 운즈. 그거 설마, 거짓말은 아닐 테지? 그 옷감이야기 말일세.
운즈	아, 진짜구 말구. 읍내로 팔러 나가면 언제나 열 냥에는 팔린다구.
소도	호오, 그 천을 저 마누라가 짠다 이 말이지?
운즈	그래. 헌데 그 마누라. 절대로 짜고 있는 모습을 보면 안 된다고 당부하고는 베틀방으로 들어간다잖어! 요효가 정직해서 엿볼 생각도 않고 그대로 잠이 들어버리면, 다음날 아침엔 어김없이 다 짜여져 있다는 거여. 참말로 기가 막히게 고운 천이라구.
소도	학의 털로 만든 천우직(天羽織)…이란 말이지!
운즈	읍내 사람들이 그렇게들 말혀. 인도(天竺)에 가보지 않고선 구경도 못할 희귀한 옷감이라더구먼.
소도	어이 운즈! 자네 말이야, 그 사이에 끼어들어 엄청

재미보고 있는 거지.

운즈   에헤헤. 뭐, 엄청이랄 거까지야 없지 뭐.

소도   얌체! 허지만, 만약 그것이 진짜로 천우직이라면
        말이여, 적어도 쉰 냥이니 백 냥이니 하는 정도가
        아닐 거라구.

운즈   어, 그럴까? 도대체 뭘까? 학의 천우직이라는 게.

소도   그건 말여. 살아 있는 학의 깃털 천 개를 뽑아서,
        짜낸 옷감이란 말이여.

운즈   호라, 그 마누라, 대체. 어디에서 학의 깃털을 모아
        온 것이지?

소도   그래, 여기가 베틀방이었던가?… (엉겁결에 올라가
        옆방을 엿본다.) 그리여. 기계가 있는디… 앗!

운즈   왜 그려? 뭐여?

소도   어이, 저것 봐! 학의 깃털이여… 으흥, 틀림없어 이
        건….

운즈   진짜여?…

        사이

언제 돌아왔는지, 쓰우가 구석방에서 불쑥 나온다.

운즈   어!

소도   앗, 아 아니. 아무도 없는디, 들어와서….

쓰우   …? (새처럼 고개를 갸우뚱하며 의아스러운 듯 두 사
         람을 쳐다본다.)

운즈   저기, 난 말이여. 건너 마을에 사는 운즈란 놈인디,
         그 옷감으로 종종 요효헌테….

쓰우   …?

소도   그런디 저어, 아주머니! 실은 그 옷감이야기를 이
         녀석한테 들었는디… 나도 건너 마을의 소도라고
         하는디 말유. 잠깐 할 이야기가 있어서 이렇게 왔
         는디…. 도대체 그건, 이렇게 말하믄 좀 뭣하지만,
         그거 진짜 천우직인기여?

쓰우   (의아하다는 듯이 보고만 있지만, 문득 무슨 소리라
         도 들은 것처럼, 몸을 날려 안으로 사라진다.)

소도   …?

운즈   …?

소도   이봐 ….

운즈   뭐여 저게? 우리가 말하는 건….

소도   응. 말이 한마디도 안 통하는 것 같은디… 마치 생
         긴 게 새 같구먼.

운즈   진짜 그려. 꼬옥 새 같네!

사이

석양은 점점 짙어져 가고, 그 안에 화롯불만 깜박깜박 빠
알갛다.

소도   (학의 깃털을 보고 있다.) 이봐?··· 학인가 뱀인가가
         말이여. 그 뭣이냐! 인간하고 결혼혀서 마누라가
         됐다는 이야기가 있잖어.

운즈   뭐, 뭐라구?

소도   그리여··· 그러고 보니, 어제 동네 할아범이 얘기
         허드라구. ···4, 5일 전 해질녘에, 저 산 연못 근처
         를 지나가려는디, 어떤 여자가 혼자 물가에 서 있
         었디여. ··· 어쩐지 그 모습이 수상혀서 가만히 봤
         더니 말여, 쓰윽 물 속으로 들어가는 것을 보니 그
         여자가 학이 되더라는거여···.

운즈   그려?

소도   그리고는 잠시 물 속에서 놀다가는, 다시 그 여자
         로 되어서, 쓰-윽 돌아가더라는구먼 그려···.

운즈   우와···.(밖으로 달아난다.)

소도   아, 이봐. 왜 그려. 소리를 지르고···. (놀라서 함께
         밖으로 나간다.)

운즈	어 이봐! 그럼 저 여자가 하, 학이여….
소도	바보 같기는, 그런 건 알 바가 아녀. 아니, 그런 말이 안 되는 소리가….
운즈	아아! 이를 어쩌지. 내가 요효를 속여서 돈을 좀 벌려고 했는디….
소도	걱정할 것 없다고. 그것이 진짜 천우직이라면, 한양에 가지고 가면 천 냥은 될 거구먼.
운즈	뭐여? 천 냥이라구?
소도	게다가 자네 얘길 듣자니, 그 바보 요효가 요즘엔 상당히 돈 욕심이 생겨서, 돈 얘기라면 꽤 말귀가 밝다는디?
운즈	응. 그거야 그렇지만….
소도	허니께 운즈, 이제부터 역시 요효를 잘 구슬려서, 자꾸자꾸 옷감을 짜도록 해야 하는 거여.
운즈	음… 그거야… 응, 그렇고 말고….
소도	어이, 요효가 왔구먼.
요효	(힘없이 돌아온다.) 휴우, 할아버지 입으실 두툼한 옷감, 일까, 털커덕 찰칵 찰칵 찰칵, 일까. … 아참, 쓰우에게 밥 지어 주는 걸 깜빡 잊어버렸구먼.
소도	어이, 요효!
요효	어어?

소도	나 잊었나? 건너 마을의 소도인디…. 이보게 운즈, 자네 말 좀 허지.
요효	아아 운즈! 또 돈벌이인감?
운즈	으응. 그 옷감만 가지고 오면 얼마든지 돈벌이 시켜 줄 터니께.
요효	이젠 옷감은 없는디.
소도	어째서 그려?
요효	이젠 그걸로 더 이상 안 짠다고 쓰우가 말하는디.
운즈	에이 그러들 말어. 또 돈벌게 해 준다니께.
요효	으음… 그려, 쓰우가 불쌍해서 죽겠단 말이여.
소도	불쌍하기야 허지! 그러니께 자꾸자꾸 옷감을 짜게 해서 돈을 모으라구.
요효	허지만 말이여, 옷감을 짤 때마다 쓰우가 엄청 야윈다니께.
소도	뭐, 야윈다구?… 이봐 요효. 자네 마누란, 언제 어떻게 해서 자네한테 시집을 오게 됐나?
요효	응. 쓰우 말여? 언제였더라! 밤이었는디, 잠을 자려고 하던 참이었는디, 방으로 들어와서, 아내로 삼아 달라고 했었구먼. 에헤헤….
소도	흐-음. … 이봐, 자네, 언젠가 학을 어떻게 했다든가 한 일은… 없었나?

요효   으응 학? 그래, 학이라면, 언제 적엔가 내가 밭에서
        일을 허구 있을 때인디, 논두렁에 학이 내려왔더
        라구, 화살에 맞아 끙끙대길래, 빼 준 적이 있었구
        면.

소도   뭐?… 으음… 어이! 운즈… 어쩌면 이거 말이야,
        잘 하면 진짜이것구먼.

운즈   ….(떨고 있다.)

소도   그렇담 이건 큰 돈벌이것군.… 이봐 요효, 그 옷감
        남았것지. 그 옷감 말이여…. 어이 운즈, 자네 말
        좀 허지.

운즈   음… 그… 뭐여, 그 옷감을 한양에 가져가서 팔면,
        처 천….

소도   멍청허긴. 아니 이봐, 요효! 이번엔 수백 냥 벌 수
        있게 해 줄 터니께. 한 번 옷감을 짜게 해 보지 않
        것어?

요효   뭐여? 수백 냥?

소도   그려, 수백 냥이여. (운즈에게) 안 그런가?

운즈   그, 그려. 수백 냥을 벌 수가 있지.

요효   와아, 수백 냥이라고….

소도   그러니께 요효, 한 번 더 마누라한테 말해서. …
        (집 안에서 언젠가부터 이쪽을 보고 있는 쓰우를 알

아차리고) 아, 이리로 와 봐요. 자세한 얘기를 해 줄
테니께. (요효를 끌어당겨 그림자 속으로 사라진다.)

운즈도 따라서 사라진다.

쓰우, 밖으로 나와 그것을 바라보고 있다. 우수에 젖은 얼
굴이다.
이윽고 아이들이 뛰어나온다.

아이들   (제각기) 앗, 아줌마가 저기 있다. 아줌마! 함께 놀
               아요. 왜 도망갔어요? 아줌마! 노래 불러요. 술래잡
               기. 숨바꼭질. 노래. 강강술래. (둘러싼다) 와, 와아,
               아줌마 와아.
쓰우   애들아. 어두워졌으니까 오늘은 그만하자.
아이들   싫어요. 함께 놀아요. 아줌마! 노래 불러요.
쓰우   (멍하니) 노래?
아이들   숨바꼭질.
쓰우   숨바꼭질?
아이들   강강술래.
쓰우   강강술래?
아이들   술래잡기.

쓰우   술래잡기?

아이들   술래잡기. (쓰우의 주위로 원을 만들어 돌기 시작한
             다.)

    꼭꼭 숨어라
    새장 속의 새는
    언제언제 나오나
    새벽녘 한밤중에
    학아 학아 학아
    쓰우 쓰우 쓰-우…

    뒤에 있는 사람 누구게? 뒤에 있는 사람 누구게? 뒤에 있
    는 사람 누구게?

아이들   와아, 아줌마! 숨바꼭질 안 해요? 술래잡기 안 해
             요? 아줌마아!

쓰우   (서서 생각에 잠겨 있더니) 응? 아아…. (쭈그려 앉으
             며 눈을 가린다.)

    아이들, 노래 부르면서 계속해서 돈다.
    주변이 갑자기 어두워지고, 쓰우의 모습만이 둥근 빛 속에
남는다.

쓰우

여보! 저의 소중한 요효님. 당신! 왜 그래요? 당신
은 점점 변해 가고 있어요. 무슨 일인지 모르겠지
만, 저와는 다른 세계의 사람으로 변해 버렸어요.
저, 저에게는, 말도 통하지 않는 사람들, 언젠가 저
를 화살로 쏘았던 그 무서운 사람들과 똑같아지고
있어요. 어떻게 된 거에요? 당신, 어떻게 하면 좋아
요? 저는, 저는 도대체 어떻게 하면 좋아요? … 당
신은 저의 생명을 구해 주셨어요. 아무런 보상도
바라지 않고, 다만 날 불쌍히 여기어 화살을 뽑아
주셨어요. 그때 정말로 날 행복하게 해 주었기에,
전 당신 곁으로 왔던 걸요. 그래서 그 옷감을 짜
드렸는데, 당신은 어린 아이처럼 좋아하셨지요. 그
러니까 전 고통을 참아 가며 몇 장이고 몇 장이고
짜 드렸던 거예요. 그런데 당신은, 그때마다 '돈'
이라는 것하고 바꿔 왔어요. 그래도 저는 좋아요.
당신이 '돈' 을 좋아하신다면. 그러니까 그 좋아하
는 '돈' 을 많이 모았으니까, 이제부턴 당신과 둘
이서, 이 조그만 집에서 조용하고 즐겁게 살고 싶
었어요. 당신은 다른 사람들과 달라요. 내 안에 당
신이 있어요. 그러니까 이 넓고 넓은 벌판 한가운
데에서, 조용히 둘만의 세계를 꾸미고, 밭을 갈면

서 아이들과 놀며, 영원히 행복하게 살아가고 싶
은데…. 그런데 웬일인지, 당신은 저를 떠나고 있
어요. 점점 멀어져 가고 있어요. 어떻게 하면 좋지
요? 정말로 저는 어떻게 하면 좋아요?…

노래는 어느 사이엔가 멈춰 있다.
날이 밝아 온다. 아이들은 이미 보이지 않는다.
쓰우, 문득 주위를 둘러보고, 쫓기는 듯 집안으로 들어간다.

소도와 운즈, 그리고 요효가 나온다.

소도	이봐, 알았지? 아무리 달래도 짜지 않겠다고 하면, 집을 나가 버리겠다고 겁을 주란 말이여.
요효	히히. 그 옷감, 이-쁜 옷감이긴 허지만? 쓰우가 짠 거라서.
소도	그려. 이쁜 옷감이니께, 이번에는 지난번보다 두 배 아니 세 배로 팔아 줄게. 알았지? 지난번보다 두세 배나 더 많은 돈을 받고 팔아 준다니까. 마누라한테 그렇게 말해 보라고.
요효	그래. 지난번보다 두세 배 더 많이 돈을 줄 거지?
소도	그렇다니께. 수백 냥이여!

요효	그, 그려! 수백 냥이라고?
소도	그리여. 그러니께 곧 짜게 하란 말이여. 안 그려? 운즈.
운즈	그, 그렇다마다. 오늘 밤 당장에 짜라구 혀.
요효	으음. 허지만, 쓰우는 이젠 안 짠다고 그랬는디.
소도	이런 바보 같으니. 값이 비쌀 때 팔아서 왕창 벌어야, 마누라도 좋아할 게 틀림없다니까.
운즈	그, 그래. 마누라도 틀림없이 좋아할 거여.
요효	으음….
소도	게다가 자네. 한양 구경까지 시켜 준단 말이여. 안 그려? 운즈, 한양은 참 근사한 데라니까?
운즈	응. 그럼. 근사하구 말구.
요효	한양은 근사하것지?
소도	그려. 좋지? 돈도 많이 벌구 또 한양 구경까지 하는 거여. 한양에서는 지금 말한 것처럼, 엄청 재미있는 것을 구경시켜 줄 테니께. 응? 아무튼 한양 같은 데 가 보고 싶지 않은가?
요효	그야… 가고 싶지만, 낸들.
운즈	돈도 많이 벌고 싶겠지?
요효	그럼. 돈도 벌고 싶지.
소도	(집안에 있는 쓰우를 신경 쓰며) 자아, 들어가게. 알

왔지. 지금 당장 짜라고 그래야 혀. 안 짠다고 하면,
나가 버리겠다고 말해 버려.

요효   … 응….

소도   (요효를 집안으로 밀어 넣으며) 좋아, 나 참 신통한
놈이야. 자, 운즈, 숨어서 몰래 보자구!

    두 사람, 다시 숨는다.

쓰우   (두 사람의 모습이 사라지자마자, 날듯이 뛰어나와서
요효를 맞이한다.) 여보, 어서 오세요. 어머, 이렇게
젖으면, 감기 걸리잖아요. 저녁준비도 다 되었어
요. 국은 당신이 데워 놓아서 따뜻해요. 자 올라 오
세요. 여기 불 옆으로 오세요. 어서요.

요효   으응….

쓰우   자아, 저녁 드세요.

요효   응….(먹는다.)

쓰우   왜 그래요?… 왜 그렇게 힘이 없어요? … 그러면
안 돼요. 이렇게 늦게까지, 이 추운 날씨에. … 이
제부터는 아무데도 가지 마세요. 주위 사람하고도
얘기하지 말아요. 아셨죠?

요효   으응….

쓰우	약속해요? 당신이 하라고 하면, 저는 어떤 일이라도 해요. 어떤 일이라도 다 해 드릴게요. 그러니까, 이제, 당신이 좋아하는 '돈' 도 있잖아요….
요효	그래, 돈은 있지. 많이 있지. 이 호주머니 안에 들어 있어.
쓰우	그래요. 그러니, 그러니까 지금부터는 우리 둘이서만, 즐겁고 행복하게 살아요. 네?
요효	응, 난 쓰우를 좋아혀.
쓰우	저두 당신을 정말로 사랑해요. 그러니까 언제까지고 지금처럼 우리 변치 말아요.
요효	응. 난 참말로 쓰우를 좋아하구만!

　　　사이

쓰우	자, 더 드세요. … 어, 왜 그래요? … 더 안 드세요?… 네?…
요효	으음… 저 말이여. 쓰우야….
쓰우	네?
요효	쓰우는 좋았을 거여. 몇 번이나 한양에 가 봤으니께….
쓰우	아아, 전 그저 하늘에서… (말을 하려다 깜짝 놀라

며) 왜 그래요? 밥 더 안 드실 거예요?

요효   으응….(말을 꺼리다가) 저어 말이여, 쓰우야….

쓰우   예?

요효   저어…. 히히, 아니 말 못허겄네.

쓰우   아니. 뭘요? 어째서요?

요효   그러니께… 에헤, 나 말 못하겄네.

쓰우   어머. 뭔데 그러세요? 무슨 말씀을 하시려구요? …
       옳아. 제가 알아맞혀 볼까요?

요효   그려.

쓰우   맞다. … 메밀수제비를 만들어 달라구요?

요효   아니여어.

쓰우   틀렸어요? 그럼… 노래를 불러 달라구요. 그렇죠?

요효   아녀. 아 쓰우 노래 참 잘하지. 허지만 오늘은 아녀.

쓰우   어머, 또 아니에요? 그렇담…. 또 한양이야기를 듣
       고 싶은 거죠, 그렇죠? 맞혔죠!

요효   아하하, 조금은 틀렸는디. 그런데 조금은 맞았고
       만. 아하하.

쓰우   어어! 조금은 틀리고 조금은 맞았다구요? … 그게
       뭔데요? 어서 얘기해 봐요.

요효   쓰우, 화 안낼 거지?

쓰우   어머나! 제가 당신에게 화를 내다니요. … 뭔데요?

자아, 어서 말해 봐요.

요효   으음… 저어… 나 말이여… 한양엘 가 보고 싶은
        데 말이여.

쓰우   네에?

요효   한양에 가서 돈을 잔뜩 벌어 올 것이여. 그러니께,
        이히히, 나 말이여, 다시 그 옷감이 있으면 좋겠는
        디….

쓰우   (움찔 놀라며) 옷감요?! 그건, 당신….

요효   (당황하며) 아니여, 난 인제 필요 없어. 필요 없구
        만.

쓰우   (혼잣말처럼) 그 옷감은… 그걸로 마지막이라고…
        그토록 다짐하고 약속했는데….

요효   응, 쓰우가 그렇게 말했었지. 그러니까 난, 이제 필
        요 없어. 필요 없구만.… (꾸중을 들은 어린 아이처
        럼, 울음이 곧 터져 나오려는 것을 꾹 참고 있다.)

쓰우   (번뜩 정신을 차린다.) 그 사람? 아까 그 사람들요?
        그래. 역시 그랬었군요. 그 사람들이 당신을 점점
        이상한 사람으로 만들어 버리고 있어요….

요효   왜 그려?… 쓰우, 화내지 말어.

쓰우   ….

요효   이봐… 쓰우….

쓰우   (멍하게) 돈… 돈…무엇 때문에 그렇게도 원하는
         지 몰라….

요효   그야, 돈이 있으면, 뭐든지 좋은 것을 살 수가 있잖
         여.

쓰우   사요?… '산다'는 건 뭐예요? 좋은 것이란 게 뭐
         죠? 저 외에 뭐가 또 갖고 싶지요? 싫어, 싫어요. 저
         말고 다른 걸 갖고 싶어한다면, 전 싫어요. 돈도 싫
         어. 사는 것도 싫어요. 나만 아껴 줘야지, 그렇지
         않으면, 싫어요. 그리고 당신과 내가 둘이서, 언제
         까지나 영원히 살고 싶어요.

요효   응, 물론 쓰우하고 둘이만 있는 것이 제일 좋아. 난
         정말 쓰우가 좋다구.

쓰우   그래요. 그래요. 그래요. (요효를 끌어안는다.)… 그
         러니까, 그러니까 언제까지고 이렇게 지내요. 떠나
         지 말아요. 나를 떠나지 말아요.

요효   바보. 누가 쓰우하고 헤어진다고 했나? 바보. 바보.
         바보.

쓰우   …이렇게, 꼬옥 당신한테 안겨 있으면… 그때의
         일들이 생각나요. … 아무 욕심 없이, 아무런 생각
         도 하지 않고, 저 넓은 하늘을… 그때의 기분으로
         돌아가요. … 이대로가 좋아요. 당신과 함께 있을

수만 있다면, 난 그 이상 바랄 게 없어요. … 영원
히 같이 있어야 해요! … 멀리 떠나버리면 안 돼
요. (사이—갑자기 요효를 뿌리친다) 당신은, 당신
은 아직도 한양에 갈 것만 생각하고 계시는군요.
'돈'을 생각하고 있지요?

요효   아, 아니 당신…

쓰우   그래요… 역시 그랬군요. … (갑자기 격해져서) 싫
어! 싫어! 싫어요! 한양으로 가면 안 돼요! 당신은
그 길로 돌아오지 않을 거예요. 다시는 저에게 돌
아오지 않아요!

요효   난, 난 돌아온다구. 꼭 돌아온다니께. 한양에 가서,
돈을 엄청 많이 벌어 가지고… 응, 난 쓰우하고 같
이 한양으로 갈 거여.

    사이

쓰우   그렇게도 한양이 가고 싶어요? … '돈'이란 게, 그
렇게도 갖고 싶은 건가요?

요효   그거야 뭐, 돈은 누구나 갖고 싶어하잖여.

쓰우   그리도 갖고 싶어요? 그렇게 가고 싶어요? 그렇
게… 저보다도 돈이 좋은가요? 한양이 좋은가요?

네에?

요효　그렇게… 쓰우가 그렇게 말하믄 싫다.

쓰우　네? 싫다구요?

요효　싫어, 싫다구. 난 그런 쓰우는 싫구만. 심술쟁이여.

쓰우　어머….

요효　옷감을 짜. 한양에 갈 거여. 돈 벌어 가지고 올 것
　　　인께.

쓰우　너무해요. 너무해요. 당신, 어떻게 그런 말을 하실
　　　수가!?

요효　옷감을 짜라구. 옷감을 안 짜면, 난 나가 버릴 거여.

쓰우　뭐라구요? 나간다구요?… 당신, 왜 그래요?…

요효　….(입을 굳게 다물고 있다.)

쓰우　여보… 여보… 여보… (요효의 어깨를 잡고 흔든
　　　다.) 정말이에요?… 여보… 당신… 그 말, 진심인
　　　가요?

요효　… 난, 나가 버릴 거여. 그러니께 옷감을 짜란 말이
　　　여!

쓰우　아아….

요효　옷감을 짜! 당장 짜라구! 이번에는 지난번보다 두
　　　세 배나 더 많은 돈에 팔아 준다고 했어. 수백 냥
　　　에 말이여.

쓰우 (갑자기 심한 경악과 낭패) 네? 네에? 지금, 뭐라고 하셨지요? "옷감을 짜. 당장 짜라구" … 그 다음에 뭐라고 하셨어요?

요효 수백 냥에 말이여. 요전보다 두세 배나 더 많은 돈에 팔아 준댔다구.

쓰우 …? (새처럼 고개를 갸우뚱하며 의아스럽게 요효를 바라본다.)

요효 저 말이여, 이번엔, 요전보다도 두세 배나 더 되는 값에!!

쓰우 (소리친다.) 몰라요! 당신이 하는 말이 무슨 얘긴지 모르겠어요. 방금 전 그 사람들과 똑같아요. 말하는 것만 보일뿐. 목소리만 들릴 뿐. 하지만 무슨 소리인지 … 아 아, 당신은, 당신이, 드디어 당신이 그 사람들의 말을, 제겐 알 수 없는 이 세상의 말을 하기 시작했어요. … 아아, 어떻게 하지! 어떻게 하지! 어떻게 하지!

요효 이봐, 왜 그려! 쓰우….

쓰우 왜 그려 쓰우… 예? … 그렇게 말했지요? 지금 "왜 그려 쓰우"라고 말한 거죠?

요효 ….(놀라서 쓰우의 얼굴을 바라보고만 있다.)

쓰우 네? 아닌가요? 그렇지 않아요? 네? 네? … 아아 점

점 당신이 멀어져 가요. 멀어져 간다구요. 점점 작
아지고 있어요. … 아아 전 어쩌면, 어쩌면 좋아
요? 그러지 말아요! 요효를 데려가지 말아요. 제발,
제발! (밖으로 나간다.) 이봐요. 어디에 있어요? 이
봐요. 부탁이에요. 제발 부탁해요, 제 남편을 데리
고 가지 말아요! (여기저기를 보면서) 제발, 제발, 부
탁해요. 부탁해요. … 없어요? … 숨어 있나요? 나
와 보세요! … 비겁해요. … 너무해요. … 너무하
시는군요! 당신들. … 제발… 제발!… 미워요. 정
말 미워요… 남의 남편을. … 나오세요. … 자아,
어서 나오시라니까요. … 아니, 아니, 아니에요. 용
서해 주세요. 밉다고 하다니, … 아니에요. 제발제
발 부탁해요. 도와주세요. 도와주세요. … (점점 힘
이 다해져 눈 속으로 웅크려 앉는다.)

요효 (조심조심 나온다.) 이봐! 왜 그래? 쓰우…. (쓰우를
끌어안는다.)

쓰우 (정신 차리고) 아아, 당신이군요….

요효 자아, 집으로 들어가자구. 눈 속은 춥잖어…. (부둥
켜안고 화롯가로 간다.)

두 사람, 한참 동안 말없이 불을 쬔다.

쓰우   그렇게도 당신은… 한양에… 가고 싶은 거죠….

요효   그거야 뭐. 이히히…:.

      사이

요효   한양은 멋지다든디. 이맘때면 벌써, 벚꽃이 활짝
                피었다고 하든디.

      사이

요효   소가 말이여, 사람이 타는 인력거를 끌고, 엄청 걸
                어 댕기구 있더라구, 쓰우가 말해 주지 않았었
                남….

      사이

요효   아아, 난 벌써 졸리구먼! (벌렁 큰 대자로 눕는다.)

      사이

      쓰우, 정신을 차리고 무언가로 덮어 준다. —한동안 자는

모습을 바라보고 있다.

　벌떡 일어나 방 귀퉁이에서 옷감 보따리를 들고 나온다. — 보따리 안에 있는 것을 손바닥 위에 올린다. 사르르 금가루가 마루 위로 흐트러진다. 물끄러미 그것을 바라보고 있다. 주변이 급속히 어두워지고, 쓰우의 모습과 금가루만이 둥근 빛 속에 남는다.

쓰우　　　이것 때문이야. … 모두가 이것 때문이야. … 돈 … 돈 … 난 다만 고운 옷감을 보여 주고 싶어서… 그것을 보고 기뻐하는 모습이 즐거워서… 단지 그것만을 위해서 몸이 야위어도 짜 드린 것인데. … 이젠 더 이상은… 당신을 붙잡아 둘 방법은 없는 것 같아요. … 옷감을 짜서 돈을… 그렇게 하지 않으면… 그렇게 하지 않으면, 당신은 더 이상 내 곁에 있어 주지 않겠지요? … 하지만, 그럼 좋아요, 돈을… 돈이 많아지는 것을 그토록 당신이 원하신다면… 그토록 한양엘 가고 싶어하신다면… 그리고, 그렇게 해서라도 당신이 떠나 버리지만 않으신다면… 한 번만 더, 딱 한 필만 더 그 옷감을 짜 드리겠어요. 그것으로, 그것으로 만족하셔야 돼요! 혹시 그 이상을 원한다면 저는 죽어 버릴지도 몰라요. … 그 옷감을 가지고 당신, 한양에 다녀오세요. … 그리고 돈을 많이 가지고 돌아와요. 돌아오세요. 꼭 돌아오셔야 해요. 꼭, 꼬옥 돌아와야 해요. 그리고 정말로 당신과 제가 둘이서만, 백 년이고 천 년이고 함께 사는 거예요. 아셨죠? 네에? …

날이 밝아진다.

쓰우	(요효를 흔들어 깨운다) 여보… 여보….
요효	으음… 아아… 음냐 음냐….
쓰우	저 말예요… 저어… 그 옷감 짜 드릴게요.
요효	으응? 뭐라구?
쓰우	그 옷감요. 짜 드린다구요.
요효	뭐, 옷감을?… 짜 짜 준다구? 쓰우….
쓰우	네에, 짜 드릴게요. 딱 한 필만.
요효	정말이여? 그 말….
쓰우	정말이에요. 정말로 짜 드리겠어요. 그럴 테니, 그 것을 가지고 한양에 다녀오세요.
요효	그래? 한양에 가도 된다고? 저 정말인겨? 와….
쓰우	네. 그래서 당신이 좋아하는 돈을 많이 가지고 오

세요. 그리고…그리고….

요효　정말 짜 주는 거지? 한양에 갔다 와도 되는 거지?
　　　와아… 그리여, 난 돈을 엄청 많이 벌어서 돌아올
　　　거여. 응, 엄청 벌어서 올 거여 난.

쓰우　(요효가 기뻐하는 모습을 말없이 보고 있지만) 그럼,
　　　한 가지만, 전에도 했던 약속인데. 베를 짜고 있는
　　　것을 절대로 엿보면 안 돼요. 알았죠? 절대로요….

요효　아아, 안 볼 거여. 오호, 그래! 옷감을 짜 준단 말이
　　　지?

쓰우　자, 약속해요. 이것만은 꼭, 절대로 엿보지 않기에
　　　요. … 만약 몰래 보면, 그것으로 우리들 사이는 끝
　　　이에요.

요효　그래, 그래. 절대로 안 봐. 그래, 한양에 갈 거여. 요
　　　전보다 두 배, 세 배나 더 돈을 많이 받고 팔고 올
　　　거라구.

쓰우　… 꼭 지켜요. … 절대로 보면 안 돼요. … (베틀이
　　　있는 방으로 들어간다.)

베틀 소리가 들리기 시작한다.
소도가 안쪽에서 뛰어나온다. 뒤따라 운즈도 나온다.

소도   성공이야, 운즈. 드디어 짜기 시작했다구.

운즈   내가 숨어서 보고 있자니, 왠지 저 마누라 말이야, 가엾게 보이더구먼….

소도   이런 멍청하긴. 떼돈을 벌 참인데, 가엾다느니 어쩌니 하고 있을 때여? (마루 위로 뛰어올라가 베틀방을 엿보려고 한다.)

요효   앗, 이봐. 안 돼! 들여다 보믄 안 된단 말이여.

운즈   이봐, 소도. 짜고 있을 때는 보면 안 된다고 했기는 했지만….

소도   에이, 그만둬. 짜고 있는 걸 안 보면, 진짜 천우직인지 뭔지를….

요효   아니 안돼. 안 된다니께. 쓰우가 화낼 거여. 이거….

운즈   이봐, 소도….

소도   에이 안 놔 이거. 저리 가란 말이여. (엿본다.) 저, 저건!

운즈   왜, 왜 그러는디?

소도   어이, 이것 봐. 이걸 좀 봐. 학이여! 학, 학이 베틀을 짜고 있어!

운즈   뭐, 뭐라구? 학이라구? (엿본다.) 앗, 하, 학이구만. 마누란 없고 학이 있는디. 자기 날개를 가지고, 베틀을 이쪽으로 갔다 저쪽으로 갔다 … 히야….

소도   운즈, 안 그래? 이걸로 정말 틀림이 없는 거여!

운즈   <u>흐음</u>….

요효   뭐여? 뭐가 어떻게 됐는디 그려?

소도   자네가 좋아하는 것이 있다구. 자, 운즈. 그러니까 이젠 내일 아침에는 옷감이 이 손에 들어오게 되는 거여. 자아, 돌아가서 기다리고 있지.

운즈   그, 그려….

요효   이봐, 뭐가 있는디 그려?… 이 안에.… 쓰우가 없단 말이여?

운즈   (소도한테 끌려 일어서면서) 하 학이, 학이 있다구!

소도, 운즈를 끌고 사라진다.

요효   하, 학이라구? 학이 있단 말여? 이 안에… 아, 보고 싶은디. 아니지. 안 돼! 쓰우가 화낼 거여…. 그런디, 학이 무얼 하고 있다는 거여?… 아이고, 보고 싶어 죽것네…. 보면 안 될까? … 어이, 쓰우야! … 쓰우야, 살짝만 볼게. 아니, 안 돼. 안 돼. 보면 안 된다고 쓰우가 말했는디. 이봐, 쓰우… 어이, 쓰우야… 왜 대답을 안 하는 거여? …어이, 쓰우… 쓰우야? 얼라, 아무 소리가 없네? 왜 그래? 쓰우. …

이봐, … 아, 말이 없네. 보고 싶은디. … 보고 싶은
디. … 이봐, 살짝만 들여다볼 것이여! … (마침내
들여다본다.) 어? 학 한 마리만 있잖여! … 쓰우가
없는디. 에고! 어찌된 거여. 이거… 이봐, 쓰우 쓰
우야… 아니 없는디… 어쩌면 좋지, 이거… 쓰우
가 없어졌어. 쓰우가 없어졌어. 이봐, 쓰우… 쓰우
야… 쓰우야… 쓰우야… (여기저기를 찾아보면서
밖으로 나가 버린다.)

다음에는 베틀 소리만 이어지고 —

                                                F. O.

밝아진다. 온통 석양빛이다.
베틀 소리는 계속되고 있다.
소도와 운즈가 안고 온 요효를 돌보고 있다.

운즈   어이, 정신 차려. 요효.
소도   정말 이 녀석, 눈 속에 쓰러져서, 아니, 뭣 하러 그
         런 곳까지 갔단 말이여.
운즈   우리가 안고 오지 않았더라면, 지금쯤은 아마 얼

어 죽었을 거여.

요효   쓰우야… 쓰우야….

운즈   어이, 정신이 드나? 이봐, 요효!

소도   어이, 요효. 정신 차리라니께.

요효   쓰우야… 쓰우야….

사이

소도   헌데, 그 마누라는 언제까지 베틀을 짜고 있는 거
          여?

운즈   응, 다른 때 같으면 하룻밤 사이에 다 짰었는디, 이
          번엔 하룻밤 또 하룻밤이 더 지났구먼.

소도   으음. 어때. 살짝 좀 들여다볼까? (가려고 한다.)

뚝 하고 베틀 소리가 그친다.

운즈   어이, 그쳤네.

소도   저 저기 나오고 있구먼.

두 사람, 서둘러서 밖으로 나와, 그림자 속으로 숨는다.
쓰우가 두 장의 옷감을 가지고 나온다. 수척하게 야위어

있다.

쓰우   여보… 여보… (요효를 흔들어 깨운다.)

요효   쓰우야… 쓰우….

쓰우   여보… 여보….

요효   으–음… 쓰우야…. (정신이 든다.) 아, 쓰우…. (쓰우한테 끌어 안긴다. 울면서) 쓰우야. 쓰우야. 어딜 갔었어? 쓰우야. 난, 난, 쓰우가 안 보이길래….

쓰우   오랫동안 기다리게 해서 죄송해요. 자 여기요. 옷감이 다 되었어요. … 이것 좀 보세요…. 어때요?… 봐요, 이 옷감….

요효   어?… 아하, 옷감이다. 아하, 옷감이 다 짜졌구먼! 오호, 오호, 오호….

쓰우   … (요효가 기뻐하는 모습을 가만히 보고 있다.)

요효   으음, 이렇게 멋지다니! 이거 참말로 고운 옷감이여. 아니, 두 필이구먼. 두 필이나 생겼구먼!!

쓰우   그래요. 두 필이에요. 그래서 이제야 된 거예요. 그걸 가지고 한양에 다녀오세요.

요효   응, 한양엘 갈 테여. 쓰우도 같이 가자. 응?

쓰우   …. (울고 있다.)

요효   알았지? 쓰우도 같이 여기저기 구경하고 다니자!

쓰우   … 당신… 끝내 보고야 말았군요.

요효   아아, 빨리 한양에 가고 싶구먼! 쓰우, 이거 참 잘
         짰구먼!

쓰우   그렇게도 부탁을 해 두었건만… 그렇게 단단히
         약속을 하였건만… 당신은 어째서… 어찌하여 보
         고야 말았지요?

요효   왜 그려? 왜 울고 그려?

쓰우   난 언제까지나 영원히 당신과 함께 있고 싶었는
         데. … 그 두 필 가운데 한 필만은, 당신이 소중히
         간직해 두세요. 그러길 바라고, 정성을 다해 짠 거
         니까요!

요효   흐음. 어쩌면 이렇게 곱게 짜여졌을까!

쓰우   (요효의 어깨를 꼬옥 잡으며) 아셨죠? 소중히 간직
         해야 해요?! 소중히 아주 소중히 간직하고 계세요.

요효   (어린 아이처럼) 응. 소중히 잘 가지고 있을게. 쓰우
         가 하는 말이라면, 난 뭐든지 들어. 그렇게 할 테니
         까 말이여. 쓰우야! 같이 한양에 가자!

쓰우   저어, 저는…. (미소 지으며, 일어선다. 갑자기 하얗
         게 변한다.) 이렇게 말라 버렸어요. … 쓸 수 있는
         깃털이란 깃털은 모두 다 쓰고 말았어요. 이젠 겨
         우 날 수 있을 정도로…. (가볍게 미소 짓는다.)

요효   (갑자기 무언가를 깨닫고) 이봐, 쓰우! (매달린다. 그
       손은 단지 허공을 안고 있다.)
쓰우   여보… 몸조심하세요…. 언제까지나 언제까지나
       몸조심하세요!

       멀리서 들려오는 아이들의 노래

       할아버지 입으실 두툼한 옷감
       할머니 입으실 두툼한 옷감
       털커덕 찰각 찰각 찰각
       털커덕 찰각 찰각 찰각

쓰우   아아. 저 아이들과도 이젠 작별이구나! 얼마나 그
       노래를 부르며 함께 노래하고 놀았던가… 요효,
       나를 잊지 말아요. 저도 당신을 잊지 않겠어요! 정
       말로 짧았던 날들이었지만, 당신의 참으로 순수한
       사랑을 받았고, 매일 아이들과 노래 부르며 지냈
       던 것을, 저는 절대로 절대로 잊지 않을 거예요. 어
       디를 가더라도… 언제까지나….
요효   쓰우… 어디로 가는 거여…?
쓰우   정말로 저를 잊지 말아요. 그 옷감, 한 필은 꼭 언

제까지나 소중히 간직하세요.

요효   이 이봐! 쓰우!…

쓰우   안녕! 안녕히 계세요!

요효   쓰우, 이봐 기다려! 기다리라니께. 나도 갈 테여!
이봐 쓰우, 쓰우….

쓰우   안 돼요. 안 돼요. 저는 더 이상 사람의 모습으로
있을 수가 없어요. 다시 하늘로 돌아가야 해요. 나
혼자 돌아가야만 해요. … 안녕… 몸 건강히… 안
녕… 이제 안녕… 정말로 안녕히 계세요!! (사라진
다.)

요효   쓰우, 쓰우, 쓰우, 어디로 갔어? 이봐 쓰우… 이
봐… 이봐… 쓰우야… 쓰우야…. (당황하며 밖으
로 나간다.)

소도와 운즈가 뛰어나와 붙잡으려고 한다.

운즈   (숨을 헐떡이고 있다. 소도에게) 이봐….

소도   (숨을 헐떡이고 있다.) 사, 사라져 버렸다.

운즈의 팔에 안기어 정신을 잃은 듯한 요효, 아이들이 뛰
어나온다.

아이들   (입을 모아 노래하듯) 아줌마! 아줌마! 노래 불러요.
            아줌마! 아줌마! 함께 놀아요. 아줌마! 아줌마! 노
            래 불러요….

        잠잠해진 사이 ―

아이들   아줌마! 집에 없어요? 아유 심심해. (요효에게) 있
            잖아요. 아줌마 어디 갔어요? 언제 돌아와요? 봐요,
            봐요, 요효 아저씨!
요효   …. (겁이 난 듯 집 쪽을 향해) 쓰우야… 아이들이
            놀러 왔구먼…. 매일 부르던 그 노래 불러 달라구
            말여. 이봐, 쓰우야….

        잠잠해진 사이 ―

        한 아이 (갑자기 하늘을 손가락으로 가리킨다.) 아! 학이다.
    학이다. 학이 날고 있다.

소도   와아! 학이!
운즈   오오…!
아이들   학이다. 학이다. 학이 날고 있다! (계속 반복하면서,

학을 좇아서 달려 나간다.)

운즈   이봐 요효. 저것 보라구. 학이여….

소도   … 비틀거리며 날아가고 있구먼.

    사이

소도   (누구에게 말하는지) 허지만, 말이여, 두 필이나 짜

             준 건 참 고마운 일이지 뭐여! (요효의 손에 있는 옷

             감을 빼앗으려고 하지만, 요효는 무의식중에도 놓지

             않는다.)

운즈   (요효를 안은 채 집중하면서 학에서 눈을 떼지 않고

             있지만) 아아… 점점 작아지고 있네….

요효   쓰우… 쓰우…. (학을 쫓아가려는 듯, 한두 걸음 휘

             청거리고. …옷감을 꼭 쥔 채 계속 서 있다.)

    소도도 거기에 빨려 들듯하고, 세 사람의 시선이 먼 하늘
한 점에 모아진다.

    어렴풋이 흘러 나오는 아이들의 노래 —

–막–

* 일부 필자의 지시에 의해 생략되었음(2001. 4. 6).

해설

　이 작품은『기노시타 준지(木下順二) 전집』제1권(木下順二, 岩波書店, 1988. 4)에 실린「유즈루(夕鶴)」를 번역한 것이다

　기노시타 준지(木下順二, 1914 ～)는 도쿄에서 태어났으며, 어린 시절은 구마모토(熊本)에서 보냈다. 1936년 도쿄대학 영문과에 입학하여, 나카노 요시오(中野好夫) 밑에서 엘리자베스왕조 연극사, 특히 셰익스피어를 전공하고 학자가 되려고 했으나, 졸업할 즈음부터 희곡의 창작을 지향했다. 그의 희곡은 크게 둘로 나뉜다. 하나는 데뷔작인「풍랑(風浪)」(1947, 기시다희곡상)에서「산맥(山脈)」(1949),「어두운 불꽃(暗い火花)」(1950),「개구리 승천(蛙昇天)」(1951),「신과 인간의 사이(神と人とのあいだ)」등, 현대의 양심과 고뇌를 묘사해 낸 '현대극', 또 하나는 1943년에 민화를 제재로 한 단막극「학 아내(鶴女房)」(「유즈루(夕鶴)」의 초고)를 비롯한「히코이치이야기(彦市ばなし)」(1946),「이십이일 밤의 기다림(二十二夜待ち)」(1946),「유즈루(夕鶴)」(1949) 등의 '민화극(民話劇)'이다. 특히 1947년에는 야마모토 야스에(山本安英), 오카쿠라 시로(岡倉士朗) 등과 '포도 회(ぶどうの會)'를 결성했다.「유즈

루」는 전후 연극계의 재산목록 1호로 일컬어지는 작품으로, 민화
붐을 일으켜 연극계에 지대한 영향을 미쳤다. 그는 세계평화회의
참가, 아시아·아프리카 작가회의, 사회와 예술의 문제를 둘러싼
왕성한 평론, 셰익스피어 연구 등의 다양한 활동을 하고 있고,「드
라마의 세계」(1959),「일본이 일본이기 위해서는」(1965),「망각에
대해서」(1974),「고전을 번역하다」(1975) 등의 평론집이 있다.

　「유즈루」는『부인공론』(婦人公論, 1949년 1월호)에 수록되고,
11월에 '포도 회'가 오카다 시로(岡倉士朗) 연출로 오사카(大阪)
아사히(朝日)회관에서 초연했다. 야나기타 구니오(柳田國男) 등이
편찬했던『전국 옛날이야기 기록(全國昔話記錄)』에서 소재를 취
하고, 전시중의 "더 이상 참을 수 없는 환경 속에서" "영혼의 고향
에 대한 그리움을 본능적으로 느끼며 자신은 확실히 의식하지 못
하는 향수에 쫓겨" 썼다고 한다. 또한, 민중의 소박하고 청순한 아
름다움을 현대인의 환상으로 하고, 풍부한 시정(詩情)과 상징성
속에 근사하게 무대화한 전후(戰後) 희곡 중 수작(秀作)으로서 명
성이 높다. 그리고 일본 각지의 방언을 섞어, 일종의 공통적 일본
어, 순수한 일본어의 탐구가 시도된 것에 의의가 있다.

　눈이 많이 내린 마을의 오두막 한 채. 어리석지만 마음이 착한
요효는, 어느 날 밤 찾아온 아름다운 아내 쓰우가 자신이 생명을
구해 준 학이라는 것을 모른다. 그녀가 은혜를 갚기 위해 학의 깃
털로 짜 준 아름다운 옷감을 팔아서, 넉넉하고 화목하게 살고 있

다. 비싼 천우직(天羽織)에 눈이 먼 마을의 욕심쟁이인 소도와 운 즈는, 돈을 벌려고, 달콤한 말로 요효를 부추기고, 요효는 쓰우에게 옷감을 짜달라고 무리한 요구를 한다. 쓰우는 요효에게 베틀에서 짜고 있는 모습을 절대 보지 말라는 약속을 하고, 마지막 옷감을 짜 준다. 그러나 결국 요효는 약속을 지키지 않았고, 지쳐서 여윈 그녀는 그만 학의 모습이 되어 석양의 하늘로 사라진다. 쓰우와 요 효와의 모순 가운데에는 인간의 역사적 발전에 대한 물음이 내포 되어 있다. 그것을 풍부한 민족적 율동감을 갖고 묻고 있고, 거기 에 이 작품이 가지는 '현대고전'의 성격을 읽을 수 있다. 즉, 민화 극의 서정성에 근대적 인간성을 뛰어나게 융화시킨 명작으로, 1950년에 매일연극상을 수상했다. 그 후에도 수많은 극단으로부 터 상연되고, 또한 오페라나 노(能)의 작품으로 시도되었으며, 전 후 희곡사(戰後戱曲史)의 한 정점을 이룬다. 이 작품으로, 기성연 극의 리얼리즘에서 벗어나, 그 총합(總合)과 승화(昇華)에 의한 새 로운 드라마 창조의 가능성을 제시한 작가로 가장 기대되었다.

천국으로의 원정

시나 린조(椎名麟三)

무대

오른쪽에는 두 그루의 마른 나무, 왼쪽에는 돌을 쌓아 놓은 커다란 산이 있다.

그 외에는 텅 비어 있고, 호리촌트(Horizont)도 하늘색으로 뒤덮여 있다.

누더기 천을 둘둘 감고 고대인 같은 모습을 한 노인이, 돌산 위에 따분한 듯이 걸터앉아 있다.

젊은 남자가 자기 몸보다 큰 돌을 짊어지고, 비틀거리면서 등장한다. 그 남자는 손에 입김을 내뿜으면서 고개를 갸우뚱한다.

노인   (애원 섞인 어투로) 저어, 여보시오….

젊은 남자   (들리지 않는다.) 왠지, 나는 숨을 쉬고 있지 않는
             것 같아. 그러니까, 숨을 쉬지 않아도 아무렇지가
             않단 말이지. 잘된 일이지 뭐? 순수, 이보다 더 좋
             은 것은 없어. (손에 입김을 내뿜으면서 그 냄새를
             맡는다.) 그리고 썩은 냄새도 없어졌어. 숨을 쉬지
             않으면, 냄새도 없어지는 것은 당연하지만.

노인   저어, 미안하오만….

젊은 남자   (자신에게 몰입해 있어서, 노인이 부르는 소리가 들
             리지 않는다.) 입 속에서 썩은 냄새가 나는 것은 위
             가 상해서 그랬던 거고. 어쩔 수 없는 일이었어. 그
             렇다 해도 어쩔 수 없다는 것은, 순수한 나로서는
             용납할 수가 없었지만.

노인   저어, 여보시오…, 실례합니다.

젊은 남자   (깜짝 놀라며) 누, 누구세요? … (자세히 보고 나서)
             뭐야, 거지잖아? 아니, 나는 죽었는데. 죽고 나서도
             거지를 만난단 말이야!

노인   아니오, 나는, 그저, 그러니까….

젊은 남자   예! 뭐라고 하는 거지. 짜증나게 하지 말고 확실히
             말해 봐요! 당신처럼 쭈뼛쭈뼛거리며 말하는 사람
             은 질색이야. 게다가 여긴 당신 같은 인간이 있을

곳이 아니라구요. 거지인 주제에 그렇게 높은 곳
에 있으면 안 되지요.

노인   내려오라고 하신다면 내려가지요만, 어이 차! (일
어나서 위태로운 걸음걸이로 돌산에서 내려온다.)
자! 내려왔소이다. 그럼, 젊은 양반… (하고 부르며,
손을 내민다.)

젊은 남자   하지만, 내겐 돈이 한 푼도 없어요. 미안하지만, 아
무것도 없습니다.

노인   아니, 나는 거지가 아니라오. 단지 당신에게 빌려
준 것을 돌려받으려고 이러는 것뿐이오.

젊은 남자   (화를 내며) 빌려 준 거라니요? 당신한테 아무것도
빌린 기억이 없는데요! 생트집 잡지 말아요.

노인   있잖소, 등에 짊어지고 있는 것 말이오.

젊은 남자   이거 내 건데요!

노인   물론 그런 마음이 드는 것도 무리는 아니겠소만.

젊은 남자   그런 마음이 든다구요? 흥! 웃기지 말아요. 이것은
내가 만들어 낸 것이라니까요.

노인   그러나 그것은 돌이지 않소.

젊은 남자   당신에게는 돌일지 몰라도, 나에게는 소중한 것이
에요.

노인   어라 어라, 무거우실 텐데.

젊은 남자	남 걱정 말아요. 이것은 내 순수함을 증명하는 거예요. 내가 얼마나 순수했는가를 증명한다니까요.
노인	그러니 그 증명은 내가 당신에게 드린 것이니까….
젊은 남자	이 바보 같은 영감이! 내 순수함은 내가 바로 순수하기 때문이에요. 남에게 빌리는 물건이 아니라니까요.
노인	그건 지당하신 말씀이오만.
젊은 남자	나는 정말로 순수했어요. 세상의 모든 불합리를 거부했습니다. 미국은 물론 소련(러시아)도 중국도 일본도 대만도 필리핀도 베트남도 태국도 미얀마도 인도도… 파키스탄… 아프가니스탄….(거기에서 막힌다.)
노인	숨이 끊겼습니까? 이상하군. 숨이 끊길 리가 없을 텐데. 이제 숨을 쉴 필요는 없을 것이니.
젊은 남자	숨이 끊긴 것이 아니에요. 생각하고 있는 거예요. 제기랄! 죽어서까지 지리 공부를 하게 될 줄은 꿈에도 생각지 못했는데.
노인	아니요. 난 결코 그럴 생각은…. 어떡하지!
젊은 남자	그러니까, 세상이지요. 세상 사람들 말이에요. 어느 나라 사람이든 다 모순 속에 살고 있으면서도

태평하니까요. 정치적으로도 그렇고, 인간적으로
도 그렇고.

노인   (환희의 몸짓으로) 그래서 수소 폭탄이라는 것으로
        뾰옹 하고 한 발에, 지구를 날려 버리고…. 그래서
        여기로…. 당신이 제일 먼저 도착한 것이로군.

젊은 남자 아니요! 난 영양실조에 감기까지 겹쳐서 오게 된
        건데요.

노인   영양이라구…. 그렇소?

젊은 남자 하지만 나는, 정말로 순수한 남자였어요.

노인   아무튼 그 등에 짊어지고 계신 것을 돌려주기만
        한다면….

젊은 남자 도무지 알 수 없는 영감이구만. 당신은 도대체 누
        구죠?

노인   언제까지나 영원히 여기에 있어야만 하는 존재라
        오. 인간들에게 빌려 준 것을 전부 돌려받지 않으
        면, 여기에서 나갈 수 없는 존재이니까, 그런데 인
        간들은 앞으로도 계속해서 태어나고, 이리로 오겠
        지. 인간이란 존재가 생기고 나서 쭉 여기에 있는
        거라오. 게다가 언제까지나 영원히 말이오. (한숨)
        … 정말로 지구가 없어지고, 인간들이 다 없어지
        기만 한다면, 여기 있지 않아도 살 수 있는 것은

분명하겠지만.

젊은 남자   여기에 있지 않아도 살 수 있다는 것은 무슨 뜻이
지요?

노인   (처량한 모습으로) 그건 나로서는 알 수가 없소. 다
만 지구가 없어지고 인간들이라는 존재가 없어지
는 것을 기다리고 있을 뿐이라오.

젊은 남자   지구가 없어지고 인간들이 없어지는 것을 기다리
고 있다구요? 그렇다면, 당신은… 악마군요.

노인   나를 이런 저런 이름으로 부르고들 있는 것 같은
데, 그런 이름도 있긴 있는 것 같소. 그러나 나만큼
처량한 존재는 없을 거요.

젊은 남자   나는 아직 악마란 놈을 만난 적은 없는데, 그러니
까 바로 당신이 그 악마? 이 나쁜 놈!

    젊은 남자, 노인을 붙잡으려고 한다. 그러나 무거운 돌을
짊어지고 있기 때문에, 젊은 남자는 비틀거리며 노인을 잡지
못한다.

노인   그 무거운 돌을 돌려준다면 몸이 가벼워질 텐데.

젊은 남자   이것은 내 생명이야. 아이, 재수 없어!

젊은 남자, 가려고 한다.

노인   어디로 가는 것이오?

젊은 남자   나는 악마하고는 상대하고 싶지도 않습니다.

노인   하지만 당신은 나를 짊어지고 있는 것과 같다는
            것을 모르시오?

젊은 남자   이 바보 멍청이! 이건 내 생명이라니까요!

노인   아직도 생명이 남아 있소?

젊은 남자   그래요. 내 생명이에요! (모순을 알아차린다.) 설령
            생명이 없어졌다고 한들, 나는 스스로가 순수 그
            자체였다는 증거만은 어떤 일이 있어도 잃지 않을
            생각입니다.

노인   이곳은 그런 당신의 순수함보다도 더 순수한, 순
            수를 넘어서는 곳이니까. 그런 것을 짊어지고 있
            어도, 아무 의미가 없다고 생각하오만.

젊은 남자   그런 악마의 유혹에 누가 넘어갈 줄 알아요!

        젊은 남자는 가고, 노인은 걸터앉는다.

노인   어라 어라! 또 왔나 보군. 언제까지나 영원히 여기
            에 있어야 한단 말인가!

젊은 여자 등장. 역시 큰 돌을 짊어지고 있다. 비틀거리는
모습은 남자와 같다.

젊은 여자   저어, 할아버지!

노인   나는 지금 절망에 빠져 있소. 나를 절망시킨다는
          건 살생과 같은 거라오.

젊은 여자   누가 당신과 같은 노인을 힘들게 한단 말이에요?
          나쁜 녀석들.

노인   아, 글쎄 그건 인간이지. 그것도 죽은 인간들이 말이
          오. 그러니까, 뭐랄까, 당신과 같은 사람들 말이오.

젊은 여자   저 말이에요?

노인   그렇소. (손을 내밀었다가 바로 거두어들인다.) 아니
          아니, 당신도 분명히 나에게 돌려주지 않을 것이오.

젊은 여자   뭘요?

노인   거기, 당신 등에 짊어지고 있는 것 말이오.

젊은 여자   아, 이거요? 이건 안 돼요.

노인   알고 있었소. 거절할 거라는 걸. 하지만, 내가 빌려
          줄 때 각서를 받아 두지 않은 것이 내 탓은 아니라
          오. 오히려 무단 차용인 것이지. 여기에서 이렇게
          사람들이 오는 것을 기다리고, 한 사람 한 사람에
          게 돌려 달라고 부탁하고 있지만, 거의 모두가 내

가 말하는 것을 믿어 주지 않고 있소. 저길, 보시오. 나는 인간들이 그 세상에 나타나면서부터 쭉 여기에 있소만….

젊은 여자　그럼, 당신은 수만 년이나….

노인　아니지. 여기에는 시간 같은 것은 없소. 있다고 하면, '언제까지나' 라는 것이 시간이라오. 결국, 그 무한이라는 존재지. 결국 당신은 이제 언제까지나 영원히, 수억 년 지나도, 수십억 년 지나도, 죽어 있어야만 한다는 거라오.

젊은 여자　수십억 년이나요! 그래도 좋아요. 나는 사랑 때문에 죽었어요.

노인　여기에서는 이제, 그 '무엇 때문에' 라는 것도 없소.

젊은 여자　'무엇 때문에' 라는 것은 없다구요?

노인　'때문에는' 없소.

젊은 여자　'때문에' 는 없다구요? 그럼 왜 당신은 빌려 주지도 않은 것을 자꾸 돌려 달라고 하는 거죠?

노인　알 수가 없지. 그렇게 하고 있을 따름이라오. 이유 같은 것은 없으니까.

젊은 여자　이유가 없어도, 뭔가 의미는 있겠지요?

노인　그런 것도 없소.

젊은 여자　의미도 없다구요?

노인	그렇소.
젊은 여자	당신 비트족(beat族)이군요?
노인	아니오. (겸연쩍은 듯이 작게) 그러니까, 난 악마라서.
젊은 여자	(못 알아들은 듯) 예?
노인	아니, 악마라고 했소. 그렇다고 내 본명은 아니지만. 사람들이 통상 그렇게 부르는 것 같소.
젊은 여자	당신이 악마라구요?
노인	그렇소. 그리 놀라지 마시오. 나같이 처량한 존재는 그 세상에서는, 그러니까 인간들의 세상에서는 본 적이 없을 것이오. 그 세상에서는, 내가 좋은 일을 하고 싶어도, 손톱 때만큼도, 눈곱만큼도 좋은 일을 할 수 없었으니까. 나쁜 짓밖에 할 수 없었으니까. 이렇게 허무한 일이 있을 수 있소?
젊은 여자	그럼 저하고 똑같잖아요?
노인	아니지. 아니야. 당신이 그랬다면 이런 곳으로 올 리가 없소.
젊은 여자	어째서요?
노인	우선, 태어나지도 않았을 것이고.
젊은 여자	우리 어머니는 나를 낳으시다 돌아가셨어요.
노인	아니. 그러니까, 좋은 일도 하게 해 드렸으니까….
젊은 여자	무엇을요?

노인   뭐냐, 그러니까, 섹스 말이오.

젊은 여자   아이, 망측해라. 늙은 영감 주제에!

노인   나한테는 나이가 없소. 그 세상 나이로 세면, 팔구
         십만 살은 될 것이오만. 그 세상에서도 팔십만 오
         천 살이 되면, 이미 나이라고는 안 할 것 같고. 아
         니, 섹스가 마음에 들지 않으면, 당신을 낳기 위해
         서 누군가에게 돈을 지불했을 것이오. 의사든지,
         산파든지 간에. 결국 당신은 누군가를 기쁘게 해
         주고 있음에 틀림없소. 특히 당신같이 아름다운
         여인은 남자 두세 명의 눈요기라도 되었을 거고,
         그들을 즐겁게 해 주었을 것이니까.

젊은 여자   남자들이라면, 모두 배신을 했어요! 그래서 난 살
         해당한 것이 아닐까요?

노인   그렇소? 살해당하신 거군? 그렇구만. 남한테 살해
         당한 사람은 당신으로 오십조 구십이억 삼천만 칠
         천 오백 십육 명째라오. 볼멘 얼굴을 하는데, 뭐가
         도대체 못마땅하오?

젊은 여자   바보 취급하지 말아요. 두세 사람이라면 몰라도,
         저를 오십조나 되는 별볼일 없는 사람들 속에다
         집어넣다니.

노인   미안하오. 전쟁이 너무 많이 있었잖소.

젊은 여자   저는 사랑 때문에 살해된 거예요! 진정한 사랑을
          하려고….

노인   나쁜 녀석도 있긴 있지. 진정한 사랑을 하려고 했
          던 당신을 죽이다니.

젊은 여자   다만, 다섯 명의 남자를 동시에 사랑했어요.

노인   그럼 그렇지. 다섯 명 개개인한테는 그것이 배신
          이 된 것이로군.

젊은 여자   저는 모순을 좋아하지요. 모순에 고민하거나 괴로
          워할 때일수록, 남자란 매력이 드러나게 마련이잖
          아요. 저도 스스로 모순을 느낄 때, 생의 환희를 느
          끼게 돼요. 싫어하는 남자와 함께 자도, 내 마음에
          서 멀어졌는데 내 몸이 기뻐할 때, 나는 스스로 그
          몸의 배신이 견딜 수 없을 만큼 황홀하다고 생각
          해요.

노인   싫어하는 사람과 함께 사랑한 적도 있었다구?

젊은 여자   그래요. 싫어하는 사람이라고 사랑할 수 없다면,
          그건 진짜 사랑이 아니잖아요.

노인   그건 그렇군.

젊은 여자   응큼한 인간, 더러운 인간, 보기 싫은 인간, 죄 많
          은 인간, 그들을 사랑할 수 없다고 하는 건, 거짓말
          이 아닐까요? 나는, 당신도 사랑할 수 있어요, 진심

으로.

노인   (뒤로 물러나며) 아, 아니, 나는 인간이 아니라니까.
           악마라구.

젊은 여자   저도 사람들이 악마라고 했어요. 저는 악마도 아
           주 좋아해요. 키스해 드릴게요.

    젊은 여자, 노인에게 가까이 간다. 노인, 피한다.

노인   난, 그러니까, 나는.

젊은 여자   (휘청거린다.)

노인   왜 그러지?

젊은 여자   갑자기 이 등에 있는 것이 무거워져서 그래요.

노인   그러니까 돌려주는 쪽이….

젊은 여자   아니에요. 이것은 내 긍지예요. 내 명예라구요.

노인   모두들 그렇게 말하면서 거절을 하지. 팔십만 년
           이나 서 있는데, 저 돌산을 보시오. 돌려준 것은 단
           지 저것뿐이라오. 나는 완전히 절망하고 있소. 나
           를 정말로 사랑해 주시려면 돌려주기를 바라오.

젊은 여자   제가 당신 같은 고리타분한 영감님을 사랑할 수
           있는 것은, 내가 제대로 된 긍지를 가지고 있기 때
           문이 아니면 할 수 있겠어요? 당신 같은 사람과 함

께 잔다면, 세상 사람들은 날 업신여길 걸요. 그럴 때일수록 나는 내 스스로를 자랑스러워하죠. 그만큼 자부심을 느낄 때는 없어요. 정말로 마음으로 뽐낼 수 있잖아요.

노인 　　여기서는 그럴 필요가 없어.

젊은 여자 　필요가 없다구요? 필요 따위의 잣대는 버린 지 오래되었어요. 할아버지, 망령이라도 난 거 아닌가요?

노인 　　여기에서 그런 긍지를 짊어지고 있다고 한들, 의미는 없을 텐데.

젊은 여자 　의미가 없어도 괜찮아요. 의미 없다는 것은 오히려 기분 좋은 일이에요.

노인 　　그렇군. 그런 일도 있긴 있었지.

젊은 여자 　전, 가야겠어요.

노인 　　어디로?

젊은 여자 　이쪽으로 쭉 가면, 어디가 나오죠?

노인 　　끝이 없지. 그러니까 가든지 안 가든지 마찬가지라오.

젊은 여자 　끝이 없다구요?

노인 　　끝없이 계속 가게 된다고 하는 쪽이 좋을지도 모르지만.

젊은 여자, 생각에 잠긴다. 젊은 남자, 되돌아온다.

젊은 남자　　저기, 악마 영감!

노인　　　　나, 나 말이오?

젊은 남자　　가도 가도 아무것도 없잖아요. 정말로 아무것도
　　　　　　없는 게 아닐까요?

노인　　　　여기는 순수니까.

젊은 남자　　순수?… 순수는 무슨 순수예요?

노인　　　　그러니까. 아까 얘기한 것처럼 너무나도 순수한
　　　　　　곳이라서.

젊은 남자　　그렇다면 진공상태란 말인가요? 인간이 살 수 있
　　　　　　는 곳이 아니잖아요.

노인　　　　참으로 지당하신 말씀이오.

젊은 남자　　(여자를 보고) 이 여자도 죽어서 온 건가요?

젊은 여자　　흥, 잘난 체하네, 누구죠?

젊은 남자　　여기는 순수한 곳이야. 나만이 올 수 있는 곳이라구.

젊은 여자　　몰라서 죄송합니다. 지난번에 살해당하고 정신을
　　　　　　차려 보니, 여기에 있는 게 아니겠어요.

젊은 남자　　그럴 리가 없어. 이곳은 순수한…

젊은 여자　　순수! 순수라고? 당신, 바보 아닌가요?

젊은 남자　　흥. 혼자서 큰 돌은 짊어지고 잘난 체하고 있군. 공

기만 더러워지게.

젊은 여자　그 말 지나친 거 아니에요? 더러워질 공기가 어디에 있단 말이에요.

젊은 남자　공기가 없다고 해도 더러워져. 여자란 그 자체가 불순덩어리니까. 불합리하고, 무지하고, 생각이라면 그저 상상하는 것도 귀찮아하고. 몸으로나 생각을 하면 모를까. 그러니까 애매하고, 모순덩어리이고, 불안정하고, 정신 따위는 전혀 있을 리가 없지. 여자도 죽을 수 있다니, 참으로 정신에 대한 모욕이야.

젊은 여자　흥. 도대체 당신이란 인간은, 살아서 여자에게 인기라고는 눈곱만큼도 없었을 거야.

젊은 남자　봐, 그런 생각밖에 할 수 없잖아. 여자란 모두 그렇다니까.

젊은 여자　하지만 나는 당신을 사랑해 드리겠어요.

젊은 남자　(침을 뱉는다.) 재수 없어. 사랑! 사랑이야말로 모든 불합리나 모순을 끌어안는 도구에 지나지 않는다는 것을 몰라? 그것 때문에 세상이 얼마나 불투명한 안개로 뒤덮여 있는지 모르냐구.

젊은 여자　(주변을 둘러보고) 아무리 봐도, 좀 지나치게 투명한 것 같은데!

젊은 남자   말하자면, 그 세상 말이야. 살아 있을 때의 세상이
            야기라고.

젊은 여자   착각이라는 것도 있죠. 정신이란 것도.

젊은 남자   정신에 있어서 착각은 용서받을 수 있어.

젊은 여자   누구에게?

젊은 남자   (말문이 막힌다)

젊은 여자   제가 그런 당신에게 키스를 해드리겠어요.

       젊은 여자, 젊은 남자를 끌어안으려고 한다. 젊은 남자, 피
    한다. 하지만 서로의 무거운 짐 때문에 자유롭지가 않다.

젊은 남자   내 명예를 더럽히려고 하다니, 내 정신의 순수함
            에 대한 모욕이야. 내 등에 짊어지고 있는 것이 보
            이지 않아? 내 순수함으로 빛나고 있는 것이 눈에
            보이지 않냐구?

젊은 여자   아무것도 안 보이는데요! 그냥 돌밖에 보이지 않
            는데.

젊은 남자   당신은 스스로의 불순함으로 장님이 되어 있는 거
            라구. 보이지 않는 것이 당연하지.

젊은 여자   당신이야말로, 내가 짊어지고 있는 것이 보이지
            않는 모양이죠? 모든 사람을 사랑하는 진정한 사

랑의 상징이에요. 후광이 비치고 있는 것을 모르
겠어요?

젊은 남자   그야말로, 단지 돌일 뿐이군. 모든 사람을 사랑한
다구? 돌멩이처럼 모든 남자로부터 자유로워졌을
뿐이 아니고?

젊은 여자   당신, 순수, 순수라고 하는데, 당신이야말로 돌멩
이 같은 순수야.

젊은 남자   뭐라구? 이제 더 이상 못 참겠는데. 순수, 내 순수
함을 지키기 위해서는, 나는 죽음도 두렵지 않아.

젊은 여자   흥, 나는 뭐 죽음을 두려워한다고 생각하고 있나
보죠?

　　젊은 남자, 젊은 여자의 목을 양손으로 조인다. 물론 젊은
여자는 태연하다. 젊은 남자는 순식간에 힘이 빠져 버린다.
두 사람은 어찌할 바를 모르는 듯, 서로 얼굴을 마주보며 잠
시 서 있다.

　　사이

노인   　　도대체 두 사람은 뭘 하고 있는 것이오? 무슨 연애
라도 하고 있소?

젊은 남자	나의 그 진실함은 어디로 가버린 걸까! 나의 그 순수함, 순수를 향한 진정한 의미가 없어져 버리다니.
노인	그렇지 않소. 이것은 좀 순수가 지나친 것이오.
젊은 여자	전, 싫어요. 저는 이제 살해당할 수도 없어요. 아, 저는 죽고 싶어요!
노인	지당하오.
젊은 남자	이대로 수억 년이나 수십억 년이나, 지구가 얼어서 우주 속의 무수한 별이 되어도, 언제까지나 이대로일까요?
젊은 여자	언제까지나라구요? 저는 두려워요.
노인	그러니까, 이곳은 좀 지나치게 순수한 곳이라고 말했잖소.
젊은 남자	수백억 년이 지나도요?
젊은 여자	수천억 년이 지나도요?
노인	두 사람은 아직 죽은 지 얼마 지나지 않아서, 그런 식으로 그 세상에서 했던 것처럼 몇 년이라고 하는 햇수로 세고 있지만. 지금 있는 곳에 익숙해져서 셀 수 없게 될 거요. 여기에서는 시간이라는 것이 없으니까.
젊은 남자	죽음이야말로 내 순수함을 증명하는 것이었는데.
젊은 여자	아냐, 그렇지 않아. 죽음이야말로 나의 진정한 사

랑을 증명했었던 거야. 순수함 따위를 증명할 수는 없어요.

젊은 남자 죽음이 사랑의 증명이라구? 바보 같은 소리군.

젊은 여자 두 번씩이나 날 화나게 해! 당신 같은 인간은 죽어 버렸으면 좋겠어. 당신 따위는….(무언가 알아차리고) 아! 그랬었지.

젊은 남자 그랬었다니?

젊은 여자 우리들 아무것도 할 수 없는 것 같지 않아요?

젊은 남자 무의미하지. 정말로 무의미해.

젊은 여자 그렇군요. 갑자기 모든 것이 의미가 없어져 버린 것 같아요.

두 사람, 절망하고 주저앉는다.

노인 어째서 그렇소? 두 사람 다. 어떻소, 그 의미가 없어졌다는 것을 알았으면, 돌려주는 것이 좋겠소만.

젊은 남자 (힘없이) 이 악마!

노인 그 말은 삼가해 주시오. 악마라고 부르면 나는 약해진다오. 그건 인간들이 그 세상에서 부르던 이름이니까.

젊은 남자 그럼 어떻게 부를까요?

노인	할아범이라고 하는 것은 어떻겠소? 옛날부터 여기에 있으니까. 여기에 있는 어떤 인간들보다도 먼저 여기에 있었으니까 말이오.
젊은 남자	그럼, 할아범!
노인	그래 그래.
젊은 남자	그냥 불러보았을 뿐이에요.
노인	그래. 그래서.
젊은 남자	그래. 그래서라니요? 에이, 싱거워.
노인	지당하지.
젊은 남자	조용히 좀 해 봐요!
노인	그러니까, 그, 내가 빌려 준 것을, 두 사람에게 돌려받기를 원하니까 말이야.
젊은 남자	아직까지 그 말이에요? 이 등에 있는 것은 내 삶의 보람이에요.
젊은 여자	맞아요. 내 삶의 보람이기도 하고, 죽음의 보람이기도 해요.
노인	역시 돌려줄 수 없다는 거군.
젊은 여자	그래요.
젊은 남자	아휴, 끈질겨.
노인	그런 걸 등에 짊어지고 뽐내 봐야 어쩔 도리가 없을 텐데!

젊은 남자   저리 비켜. 악마 영감아!

노인   나는 언제나 이렇게 푸대접을 받으니. 가고 말고.

     노인, 두 사람으로부터 멀어진다.

젊은 여자   (젊은 남자에게) 우리 이제 어떻게 하면 좋아요?

젊은 남자   모르겠어. 지금이야말로 나는 정말로 죽었구나 하
             는 기분이 들어.

젊은 여자   (초조한 마음으로) 바보! 정말이든 거짓말이든 우
             리들은 죽어 있다구요.

젊은 남자   그만 싸우자구. 아무리 싸운들 진짜 싸움은 할 수 없
             는 것이니까. 둘 중에 누가 하나 죽지 않는 이상은.

젊은 여자   그건 그래요.

젊은 남자   숙녀 분께서는 어째서 여기에?

젊은 여자   저는 숙녀가 아니에요. 모든 사람들에게 창녀라고
             무시당했어요.

젊은 남자   그럼 저, 창녀 아가씨.

젊은 여자   아니 당신까지 그렇게 부를 필요는 없잖아요.

젊은 남자   그렇군. 이름이야 어떻든 상관없어. 이제 이름 같
             은 건 있을 리가 없으니까.

젊은 여자   맞아요.

젊은 남자 난 학생이었어. 아버지는 은행에 근무하고 있었지. 늘 복장이 깔끔하길 원하는 은행이라서, 매일 아침 새하얀 와이셔츠에, 옷에 솔질을 하고 출근했지. 그런데 집에 돌아오면 아무렇지도 않게, 줄기차게 방귀를 북북 뀌는 거야. 나는 그게 너무 싫었어. 그런 아버지가 보기 싫어서, 인상을 찌푸리고 쳐다보곤 했는데, 어머니는 그런 아버지에게 아무렇지도 않았어. "어!? 또 방귀야" 하면 그만이었으니까. 그런 유치한 일은 없을 거야.

젊은 여자 그건 당신이 잘못한 거 아닌가요?

젊은 남자 (갑자기 화를 내고) 뭐라고? (정색하고) 아참, 우리들은 싸움을 해도 소용이 없지.

젊은 여자 그래. 제가 잘못했어요.

젊은 남자 아니야, 고마워. 결국 하나에서 열까지 다 그랬어. 그리고 그런 집의 유치함에 견딜 수 없어서, 나는 집을 나와 버렸어. 나는 학교 근처에 하숙을 했지. 내 친구 옆방이 비어 있었거든. 그 친구는 혁명가였어. 그런데 나는 그 혁명가가 자기 아버지가 보내준 돈으로 생활하고 있다는 것을 알았을 때, 순간 그 녀석이 싫어지더군. 부모는 조그만 철공소를 경영하고 있었지만, 그 공장에서 일하고 있는

노동자를 착취한 돈으로 그 녀석도 생활하고 있었
다는 거잖아? 그런데도 그 녀석은 태연했었지. 내
순수한 정신은 그런 모순을 견딜 수가 없었어. 그
래서 나는 하숙을 바꿔 버렸지.

젊은 여자   아무튼 당신은 참 순수한 사람이군요.

젊은 남자   그래, 정말로 순수했었지. 그리고 나에게 많은 것
들이 보이기 시작했어. 여러 가지 불순한 일들 말
이야. 나라의 정치가 얼마나 썩어 있는가 하는 것
은 물론이고, 세계의 정치가 얼마나 썩어 있는가
하는 것도. 미국이 하고 있는 짓거리도, 소련(러시
아)이 하고 있는 짓도 불합리투성이, 모순투성이
가 아닐까! 내 정신은 그걸 견딜 수 없었어. 나는
한 장밖에 없는 이불을 떡갈나무 접듯이 포개서
덮고, 배를 굶주리면서, 어떻게 하면 세계를 수정
처럼 맑고 투명하게 할 수 있을까를 고민했지. 하
지만 아무리 생각해도 진정한 혁명을 일으키는 것
외에는, 도리가 없다고 생각되었던 거야.

젊은 여자   그래서 어떻게 했어요?

젊은 남자   감기에 걸려 버렸어.

젊은 여자   감기에 걸렸다구요? 혁명 대신에 말예요?

젊은 남자   그렇다니까. 그래서 3일간이나 열병을 앓았지. 게

다가 영양실조까지 걸렸어.

젊은 여자　저는 그런 사람도 사랑할 수 있었어요.

젊은 남자　사랑? 이제 그 말은 제발 그만해.

젊은 여자　알았어요.

젊은 남자　아, 아니야. 미안해. 뭐든 이야기해 봐. 아무거나 좋아. 뭐야?

젊은 여자　(한숨) 내가 어떻게 이야기하면 좋을지 모르겠어요.

젊은 남자　자기가 사랑한 남자에 관해서라도 좋아. 애완견 이야기도 좋고.

젊은 여자　하지만, 말할 수 없잖아요. 어떻게 수억 년이나, 수십억 년이나 이야기를 계속할 수 있어요?

젊은 남자　그렇군. 수백억 년이나!

젊은 여자　그래요. 수천억 년이나요.

　　침묵
　　중년 여자, 등장. 역시 돌을 짊어지고 있다. 물론 뒤뚱뒤뚱
거린다.

중년 여자　(기쁜 표정으로) 어머, 오늘은, 아베크(avec)족이군요.

　　젊은 남녀, 의아스러운 얼굴로 서로 마주본다.

중년 여자   나는 결혼하고 나서, 가슴에 병이 들고, 쭉 몸이 허
          약했습니다. 하지만 겨우 죽을 수가 있었어요. 정
          말로 이렇게 기쁠 수가 없었지요. 나는 죽을 때도
          싱글벙글 웃으면서, 모든 사람들에게 이별을 고하
          고 죽을 정도였으니까요. 정말로 숨을 거둘 찰나
          에도 선생님이 말씀하시는 것이 저에게 들리더군
          요. 이렇게 순수하고 아름다운 죽음은 본 적이 없
          다고, 그렇게 말씀하셨어요.

젊은 남자   순수하고 아름다운 죽음이라고?

중년 여자   예. 분명히 그러셨다니까요.

젊은 남자   어리석긴. 나보다 순수한 자는 없을 겁니다. 나는
          온 세계를 부정했어요.

중년 여자   어머! 안 되지요. 나는 온 세계를 사랑했어요.

젊은 남자   (젊은 여자를 향해) 이번에는 사랑이라는데? 당신
          의 긍지도 상처받고 있는 것 아니야.

젊은 여자   그래요. 당신 같은 사람이 병들어 있는 주제에, 한
          사람이라도, 아니, 한 남자라도 사랑할 수 있을 리
          가 없잖아요.

중년 여자   하지만, 저는 기도했어요. 모두를 위해서.

젊은 여자   기도해서 어떻게 했는데요?

중년 여자   (의아스러운 듯이) 기도하고, 또 기도했을 뿐이에요.

젊은 여자 그래서 누군가를 기쁘게 했다는 건가요?

중년 여자 누군가가 아니고, 우선 하나님이 기뻐하셨지요.

젊은 여자 하나님이라구요?

중년 여자 그래요. 나는 살아 있을 때부터, 여기에서 살 생각
으로 지내고 있었던 걸요. 지난번 그 세상에서는,
살아서는 있을 수가 없었어요.

젊은 남자 이곳의 우선권을 주장하려고 하는 겁니까? 부인!

중년 여자 아니에요, 그런 거.

젊은 남자 이런 곳에서 우선권을 주장한들 아무 소용없어요.

중년 여자 아니라니까요. 나는 단지 그 인간세계에 살고 있
을 때부터 그 세계에 제 마음을 두고 살지 않았다
고 말하고 있을 뿐이에요. 나는 그 세상에 아무런
희망도, 기대도 가지고 있지 않았다고 말하고 있
는 거라니까요.

젊은 여자 (젊은 남자를 향해) 저기요. 저 부인도 순수하잖아요?

젊은 남자 순수가 아니야. 무책임일 뿐이야. 이 아주머니가
바로 무책임이라는 거야.

중년 여자 나에 대해서 어떤 식으로 말씀을 하셔도 난 화내
지 않아요. 남편은 소문난 바람둥이였지요. 하지만
나는 남편이 무슨 일을 해도 용서했어요. 오히려
남편이 그런 행동을 할 수 있을 만큼 건강한 것을

하나님께 감사할 정도였어요. 남편은 그런 내가 마음에 들지 않았던 모양이에요. 자주 화를 내고, 그런 나를 때리기도 했지요. 하지만 나는 왼쪽 뺨을 때리면 바로 오른쪽 뺨을 내밀었으니까요.

젊은 남자 (젊은 여자를 향해) 아가씨! 저 부인이 아가씨보다 사랑할 수 있는 자격이 있는 것 같은데?

젊은 여자 저런 것은 진정한 사랑이 아니에요. 무관심이라니까요. 나도 무관심한 남자에게는 어떻든지 태연했었으니까요.

중년 여자 그렇지 않아요. 나는 정말로 하나님을 믿고 있었기 때문이에요.

젊은 남자 하나님이라구? 그래 맞아. (젊은 여자를 향해서) 아가씨! 우리들이 하나님을 잊고 있었어.

젊은 여자 그런 게 어디 있어요?

젊은 남자 모르지. (중년 여자를 향해서) 부인, 하나님이라고 하는 자는, 아니, 그 하나님이라는 분은 어디에 있는 겁니까?

중년 여자 난 이제부터 찾으러 갈 참이에요.

젊은 남자 그러면 적어도 여기에서 어디로 가는 것인지는, 알고 있다는 거군요.

중년 여자 그럼요.

젊은 남자 갈 수 있는 곳이 있다구요? 아주 대단한 정보인데.
(일어나면서 젊은 여자에게로) 아가씨, 아무튼 갑시
다. 어딘지 알 수 없지만, 갈 곳이 생긴 것만으로도
잘 됐잖아.

젊은 여자 (석연치 않은 듯이 일어선다.) 갈 곳이 생겼다구, 어
디로? 그 주소를 알고 있어요?

젊은 남자 주소라고? 그래, 하나님이 있는 주소?

중년 여자 그것을 물어보려고, 당신들에게 말을 건 것인데.

젊은 남자 뭐라구요? 부인도 모른다구요?

중년 여자 당신들이야말로 알고 있지 않나요?

젊은 남자 알고 있다면, 이런 곳에 어정거리고 있겠어요!

중년 여자 그럼 어떡하지? 누가 알 수 없을까?

젊은 남자 그래, 그 악마를 부르자.

중년 여자 악마라구!

젊은 남자 그래요.

중년 여자 그건 절대 안 돼요! 어떤 일이 있어도 안 됩니다!
악마에게 길을 묻다니 말도 안 되는 거예요. 도저
히, 그런 일은 허용할 수 없습니다!

노인, 어느새 다가와 있다.

중년 여자   (도도하게) 당신은 누구죠?

노인   저, 그러니까, 부끄럽지만, 당신이 싫어하는 바로
          그 악마라는 이름을 가진….

중년 여자   악마! 악마라구요? 아, 신이여! 악마를 사라지게 해
          주세요.

노인   하나님에게 기도하지 않아도 저는 떠날 겁니다.
          단지 내가 빌려 준 것을 돌려받을 수만 있다면.

중년 여자   뭘 돌려주라구요?

노인   그러니까, 당신이 짊어지고 있는 것 말이오.

중년 여자   이것은 내 신앙의 표시인데요. 나의 영광이에요!

노인   하지만 내가 빌려준 것이라오.

중년 여자   내 신앙을요? 신앙을 악마 따위에게 빌린다는 건
          있을 수 없는 일이에요. 이것은 하나님께 받은 것
          인데.

노인   아니 당신이 나에게서 무단 차용하신 것이라니까요

중년 여자   뭐요? 너무하시네요. 신께서 주신 것은 누구도 빼
          앗아갈 수 없다는 것을 모르세요? 아무리 악마라
          도 그렇지!

노인   하지만, 여기에서 그런 걸 짊어지고 뽐내고 계신
          들 아무런 의미도 없을 텐데.

중년 여자   그것이 악마의 유혹이죠.

노인	어째서 내가 말하는 것은 모두 믿지 못하는 것일까? 정말 내 신세가 처량하구나.
중년 여자	아무리 처량하게 보여도 당신만은 사랑할 수 없어요.
노인	저 젊은 여자 분은 나를 사랑해 준다고 말해 주었소만.
중년 여자	분명히 저 여자는 악마에게 현혹되어 있어서 그런 거예요. 아, 가엾어라!
젊은 여자	가엾다구요? 흥, 아주머니 잘난 체하지 말아요.
중년 여자	아니요. 사실을 말하고 있을 뿐이에요. 하나님만 믿으면 악마 따위는 가까이 올 수 없어요.
젊은 여자	그럼 당신 눈앞에 있는 것은 누군가요? 악마가 아니고 신인가요?
중년 여자	(말문이 막힌다.)
젊은 여자	할 말 없잖아요. 그러면서 잘난 체하고 있어.
중년 여자	이 사람은 악마가 아니에요. 악마라고 스스로 말하고 있을 뿐이에요.
젊은 여자	잘도 둘러대는군요. (노인을 향해) 할아범, 당신은 누구죠?
노인	에이, 에이, 싸우지 마세요. 모두 평화롭기를 바랍니다.
중년 여자	그래. 평화야말로 신께서 지금 나에게 주신 것이야.

　　　　　　자, 이런 곳에서 고생하지 말고 이제 나가야겠어.
　　　　　　이거야말로 악마의 유혹일 거야. (걷기 시작한다.)

노인　　　　어디로 가십니까?

중년 여자　하나님이 계신 곳이죠.

젊은 남자　저도 함께 가겠어요. (황급히 일어선다)

젊은 여자　(남겨진 채) 홍, 이봐요, 어디로 가면 되는지 알아요?

젊은 남자　응? 아니, 저… 부인. 알고 있어요? 어디로 가면 되
　　　　　　는지 아나요?

중년 여자　어딘가로 가면 되지 않겠어요? 어디든지.

젊은 남자　바로 그거예요. 그러나 방향만이라도 알고 가야지,
　　　　　　곤란하잖아요. 아무튼 악마에게라도 물어보는 게
　　　　　　좋겠어요. 내키지 않겠지만, 이봐요, 정말이에요.
　　　　　　악마 영감님!…

중년 여자　(외친다.) 악마는 안 돼요! 악마는 무슨 일이 있어
　　　　　　도 절대 안 됩니다. 설령 죽는 일이 있어도….

젊은 남자　(버럭 성을 내며) 고집부리지 말아요. 자, 그럼 부인
　　　　　　은 어떡합니까?

중년 여자　글쎄요.

젊은 남자　글쎄요라니, 무슨 말이에요? 사느냐 죽느냐 하는
　　　　　　중대한 문제라구요.

중년 여자　(기도한다.) 오, 하나님! 당신은 어디에 계신가요?

아무쪼록 이 종에게 가르쳐 주소서.

사이

젊은 남자   대답해 주셨습니까?

중년 여자   하지만, 이 기도는 하나님에게 전해졌어요.

젊은 남자   대답이 있을 때까지 얼마나 걸리지요? 몇 분 정도
            걸려요?

중년 여자   아무튼 좀 있으면 대답해 주실 거예요.

젊은 남자   아무튼 좀 있으면? 알겠어요. 수천억 년이나, 수만
            억, 수만조 년이나 기다리고 있는 거겠지요. 부인,
            수천억 년이나 수만조 년이나 기다리고 있다는 것
            은요, 하나님 따위는 없다는 거예요. 적어도 하나
            님은 대답을 하지 않을 거라는 거죠.

중년 여자   아, 어떡하지! (기도한다.) 하나님, 이 불경스러운
            종을 용서해 주소서.

젊은 남자   여하튼, 그 기도의 대답도 수조 년이나 걸리겠지.
            어휴 어휴. (주저앉는다.) 지독한 예수쟁이를 만났
            는걸.

젊은 여자   (냉소) 당신은 갈 거예요? 그만둘 거예요? 신에게
            로 말이에요.

젊은 남자	나는 순수한 인간이었다는 증명을 가지고 있어. 어딜 가더라도 부끄럽지 않은 남자야. 당신과 같은 더러운 죄를 지은 여자가 아니라구.
젊은 여자	말은 그럴싸한데? 나는 진정으로 사랑을 한 여자예요. 죽을 힘을 다해 사랑을 한 여자라구요. 내 등에 있는 것을 봐요.
젊은 남자	뭐? 아니, 그만해. 저 할아범은 평화롭기를 바란다고 했으니까. 이봐. 악마… 아니, 할아범!
노인	음, 나를 부르셨소?
중년 여자	나는 안 들을 거예요.
젊은 남자	좋아요. 부인 맘대로 하세요…. 저, 할아범.
노인	듣고 있소.
젊은 남자	하나님이란 놈… 아니, 하나님, 하나님, 하나님이란 분은 어디에 계신지 모릅니까?
노인	하나님? 하나님은 바로 여러분들이라오.
젊은 남자	(벌떡 일어난다.) 뭐라구요? 우리들이 하나님이라구요?
노인	그렇소.
젊은 남자	말도 안 되는 엉터리군!
노인	아니요 아니요. 당신은 순수한 신이요. 저 젊은 여자 분이 사랑의 신, 그리고 저기 부인이 신앙의 신

이라오. 스스로를 그렇게 살아왔으니까. 제각기 짊어지고 계신 것이 그 증표이지.

젊은 남자 그렇군요. 나는 신과 같은 순수한 남자였어요. 그러나 우리들이 신이라고 하면 자기 자신을 만나러 간다는 것은 좀 이상하고…. 어떡하지? 우리들은 도대체, 어디로 가면 되는 걸까?

노인 그러니까 가야 할 곳 같은 것은 없는 것이지.

중년 여자 여러분, 속아서는 안 돼요! 하나님은 반드시 다른 곳에 계시니까요. 아, 신이여!

노인 여기에는 부인이 말씀하신 다른 곳이라는 곳은 없다니까요. 여기에서는 어디로든 갈 수 있습니다. 끝없이 어디로든요. 수억 년 걸으셔도 끝이라고 하는 것이 없소.

중년 여자 그렇다면 어디로도 갈 수 없다는 것과 마찬가지잖아요?

노인 바로 그거라오.

중년 여자 악마! 그만해요. 어디로 사라져 버려요.

노인 알았소. 나를 어째서 이렇게 싫어하는지! 나처럼 처량한 자는 없을 거야.

젊은 남자 부인, 다른 곳이라는 데가 어디입니까?

중년 여자 주소는 알 수 없어도, 하나님이 계신 곳은 분명히 알고 있어요. 그곳은 천국입니다.

젊은 남자　천국! 으–음.

중년 여자　내 국적이 있는 곳은 거기예요.

젊은 남자　그런데 부인은 어째서 여기 왔지요? 여기는 죽음
　　　　　의 나라라면 모를까, 적어도 천국은 아닙니다.

중년 여자　왜 나는 여기로 온 것일까?

젊은 여자　그건 지금 이 사람이 묻고 있는 거잖아요.

중년 여자　나는 신앙 하나만으로 살아왔어요. 그런데, 만약
　　　　　하나님이 거짓이었다면….

젊은 여자　그래요. 좀 실망스럽겠어요.

　　중년 여자, 울기 시작한다.

젊은 여자　할아범, 할아범!

노인　　　나는 깊은 절망에 빠져 있소.

젊은 여자　절망하고 있는 사람이라도 저는 좋아해요. 나중에
　　　　　사랑해 주면 되잖아요. 그러니까 가르쳐 줘요. 다
　　　　　른 곳에 있는 신이라는 걸.

노인　　　나는 알지 못하오.

젊은 여자　모른다구요?

노인　　　나는 여기에 있을 뿐이야. 정말로 아무것도 모르오.

젊은 남자	하지만 말했잖아요? 신과 악마라면! 친척 사이는 아니라도, 언제나 싸움 정도는 하고 있지 않은가요?
노인	이 몸이 싸움을 한다고? 내가 처량한 외톨이 늙은이라는 것은, 이미 말씀드렸을 테고.
젊은 남자	하지만, 신과 악마와….
노인	그것은 여러분들과 나의 관계인지도 모르지.
젊은 남자	그랬구나. 나는 신처럼 순수한 남자였어. 나 같은 남자는 온 세계를 뒤져도 없었을 테니까. 그러나… (잠시 시무룩해져서) 천국은 알고 있지요?
노인	그건 알 수가 없소. 간 적도 없고.
젊은 남자	간 적이 없어도 이름 정도는 알고 있겠지요.
노인	그 이름이야, 지금까지 수억 번이나 들어온 일이니.
젊은 남자	홍, 그래요? 이곳을 수억 조나 되는 놈이 거쳐 갔음에 틀림없으니까. 그중에는 천국이라는 녀석도 있었음에 틀림없을 텐데. 그래, 그 속에는 한두 사람, 천국에 간 녀석도 있었겠지요? 그 녀석들은 어떤 방법으로….
노인	나로서는 알 수가 없다오.
젊은 남자	알 수 없다구요?
노인	나는 아무것도 알 수 없소. 여러분들에게 빌려준 것을 돌려받는 것밖에는 아는 것이 없어서.

젊은 남자   아직까지도 그 말이에요? 끈질긴 할아범이군요.
            우리들의 긍지나 명예 같은 것은 포기하는 것이
            좋을 거예요. 우선, 우리들의 긍지나 명예의 의미
            가 없다고 한 이상, 돌려받아도, 할아범에게도 의
            미가 없는 게 아닐까요?

노인   바로 그 말씀대로라오. 다만 여러분들이 스스로
            '절대' 라고 여기고 계신 것은 분명히 내가 빌려준
            것이고, 그러니까 단지, 나는 정확히 하고 싶을 뿐
            이요. 대차관계의 문제니까.

젊은 남자   그런 걸 묻는 것이 아니에요. 답답한 할아범이군.

노인   수천억 년이나 있으니까, 천천히 안달을 해도 되니.

젊은 남자   천천히 안달을 할 수 있습니까? 안달을 한다는 것은
            요… 제기랄! 천국에 가는 것을 묻고 있는 겁니다.

노인   그러니까 알 수 없다지 않소. 나는 간 적도 없고
            말이야.

중년 여자   하긴 악마가 천국에 갈 수 있을 리가 없잖아!

젊은 여자   아주머니! 여기에 있으려면, 언제까지나 이 악마와
            함께 있어야 해요. 우리 악마를 그렇게 따돌리지
            마세요.

중년 여자   오, 신이여!

노인   미안합니다. 저 같은 존재가 있어서. 하지만 저야

	말로 어째서 여기에 있는 것인지 알 수가 없소.
젊은 여자	좋아요. 할아범. 하지만 저에게 다시 한 번 죽도록 사랑하게 해 줘요. (노인의 손을 붙잡지만 곧바로 놓아 버린다.) 그게 손이에요?
노인	발이 아닌 것은 분명하지 않소.
젊은 여자	모래라도 쥔 느낌이에요. 피가 흐르고 있지 않아.
노인	그런 건, 처음부터 흐르지 않았다오.
젊은 여자	아! 다 싫어. (줄을 발견하고 줍는다.)
젊은 남자	싫든 좋든, 우리들은 언제까지나 죽어 있지 않으면 안 된다는 것만은 분명해. 언제까지나, 영원히. 몇 억조 년이나. 그러나 이 언제까지나라는 것을 우리들은 견딜 수 있을까. 이봐, 아가씨! 어디 가는 거야?
젊은 여자	죽으러요!
젊은 남자	이미 죽어 있는 주제에 무슨.
젊은 여자	죽어 있어도 이제 다시 한 번 죽는 거야.
젊은 남자	그런 엄청난 일을 할 수 있겠어? 무엇보다, 죽어 있는 사람이 죽는다는 건 웃기는 모순이야.
젊은 여자	난 모순을 좋아하는 걸요.
젊은 남자	참, 저 여자는 그런 여자지. 정말 제멋대로야.

젊은 여자, 상관없다는 듯이 한 그루의 마른 나무 쪽으로 가까이 가서, 그 나무에 줄을 걸고 목을 매려고 한다. 하지만 무거운 돌을 등에 짊어지고 있기 때문에 나뭇가지가 우두둑 꺾인다. 젊은 여자, 엉덩방아를 찧는다.

젊은 남자　꼴좋네. 죽는 것이 마음대로 되는 일인가.

중년 여자　죄를 짓는 거예요! 자살하지 못했어도, 자살하려고 생각하는 것 그 자체가. 신을 모독하는 것이에요.

젊은 남자　신, 신이라고? 저 아줌마는 입만 살았어.

중년 여자　뭐라구? 당신은 누구죠! 당신처럼 신앙이 없는 사람은 죄를 받을 거예요.

노인　　　저, 좀 조용히 해 줄 수 없소? 나는 처량한 존재라오. 제발 조용히 좀 해 줬으면 하오.

　　젊은 여자, 다시 다른 나뭇가지에 매달리려고 한다. 나뭇가지는 다시 우두둑 꺾인다.

중년 여자　그만두세요! 설령 죽을 수 없다 해도, 그런 생각은 잘못된 생각이에요!

젊은 남자　우선 매달린 것부터가 꼴불견이야.

젊은 여자, 관여하지 않고 세 번째 나뭇가지에 줄을 걸려고 한다. 젊은 남자, 줄을 가지고 달려간다.

젊은 남자   내 거, 내 것도 남겨 둬! 가지를 다 꺾어 버리지 말고.
젊은 여자   나 따라하는 거예요? 순수가 목을 매달면 어떻게 되는 거지?
젊은 남자   사랑은 목을 매달아도 돼?
젊은 여자   되고 안 되고 같은 건, 내가 알 바 아니에요.

    젊은 여자, 세 번째 나뭇가지에 줄을 건다. 젊은 남자, 네 번째 나뭇가지에 서둘러 줄을 걸기 시작한다. 중년 여자, 뒤뚱거리며 다가온다.

젊은 남자   뭐예요? 아줌마는.
중년 여자   (힘없이) 죄라니까요. 자살하려고 하는 건. 생각하는 것만으로도 죄라구요.
젊은 남자   그렇다면 무엇 때문에 손에 그 줄을 가지고 있는 겁니까?
중년 여자   아, 이거요?
젊은 남자   그래요.
중년 여자   아, 나는 뭐랄까, 정말 부끄러워요! 오, 하나님! 이런 저를 용서해 주소서.

젊은 남자, 줄을 건다. 그것을 본 중년 여자, 당황하며 자신
도 다섯 번째 나뭇가지에 줄을 건다.

젊은 남자	아줌마!
중년 여자	오, 신이여, 용서해 주소서.
젊은 남자	용서해 달라고 하면, 뭘 하든지 됩니까? 편리한 신이군요.
중년 여자	당신 같은 분은 내 마음을 알 수 없을 거예요.
젊은 남자	아주머니는 그만두세요.
중년 여자	어째서 나만 따돌리는 거죠.
젊은 남자	생각해 봐요. 알 수 없겠어요? 세 사람 쭉 늘어서서는. 죽으려고도 하지 않고 매달려 있는 것은, 보기에도 민망하고, 우선, 꼴불견이잖아요.
중년 여자	두 사람이라면 보기 좋은가요?
젊은 남자	좋다고까지는 할 수 없지만.

중년 여자, 목에 줄을 건다. 젊은 남자, 서둘러서 자신의 목
에 줄을 건다. 중년 여자의 나뭇가지가 우두둑 꺾인다. 젊은
여자의 가지도 꺾인다. 젊은 남자, 두 사람을 보고 당황하며

매달리려고 하지만, 자신의 가지도 우두둑 꺾인다. 세 사람은 한결같이 엉덩방아를 찧은 채, 서로 바라본다.

노인   여러분! 도대체 뭘 하시는 거요?

　젊은 남자, 갑자기 벌떡 일어나 다음에 또 한 그루의 나무를 향해 돌진한다. 그 나무의 가지는 이미 없어져 버렸다. 나머지 두 사람도 서둘러서 일어나고, 다음 나무를 향해서 달려든다. 젊은 남자, 그 두 사람을 말린다.

젊은 여자   당신에게 나를 말릴 권리는 없어요. 처음에 생각
             한 것은 나니까요.
젊은 남자   아니, 좀 생각해 보지 않겠어? 이 나뭇가지가 꺾여
             버린다면, 이제 목을 매서 보여 줄 수도 없어.
젊은 여자   그럼 어떻게 하죠?
젊은 남자   결국 우리들은 너무 무거운 거지. 이 나뭇가지에는.

　젊은 여자, 등에 짊어지고 있던 것을 힘없이 잡고, 겨우 겨우 노인에게로 가지고 가서 내려놓는다.

젊은 남자   이봐, 당신은 누구야! 자신의 긍지인 사랑을 부정

한다는 거야?

젊은 여자   무겁다고 하면, 이 방법밖에 없잖아요.

젊은 남자   참, 간단하군. 그러니까 나는 당신 같은 여자를 경멸하지 않을 수가 없다니까. 바로 육체적으로 생각하니까 말이야. 결국 생각이 언제나 직접적이거든. 야릇한 얼굴을 하고 도대체 어떻게 된 거야?

젊은 여자   왠지 내가 변한 것처럼 보여요. 피가 흐르기 시작한 느낌이 들어요.

젊은 남자   피가 흐르기 시작한다고?

젊은 여자   돌을 내려놓아서 그런가? 아마도.

젊은 남자   등에 짊어진 것을 내려놓아서 그렇다고?

젊은 여자   죽을 것 같아요. 이대로. 어쩌면.

젊은 남자   (당황하고 등에 짊어진 것을 내려놓으면서) 아주머니! 당신도 등에 신앙의 표시라든가 하는 것을 떼어 버리세요.

중년 여자   이건 절대로 안 돼. 어떤 일이 있어도 버릴 수 없어요.

젊은 남자   그럼 언제까지나, 영원히 여기에 있겠어요?

    젊은 남자, 등에 짊어진 짐을 벗어 버리고 노인이 있는 곳으로 옮겨 간다. 중년 여자도 어쩔 수 없이 등의 짐을 노인 있는 곳으로 옮겨 간다.

중년 여자   이걸로 나도 하나님에 대한 절대적인 신앙을 버리
　　　　　는군요. 얼마나 큰 죄가 될까!
젊은 남자   난들 괴롭지 않은 줄 알아요? 나의 생명을 걸고 지
　　　　　켜온 그 빛나는 순수함을 잃은 것이에요!

　　세 사람, 제각기 힘없이 하나 남은 가지에 줄을 매기 시작
한다.
　　조명이 점차 어두워지고, 노인과 세 사람의 모습은 보이지
않게 된다. 이윽고 색이 바뀐 조명이 희미하게 무대 앞면에
비춰진다. 이곳은 현실과 비현실의 경계이다. 노인과 세 사
람, 어두움 속에서 나온다.

젊은 남자   이상하군. 이것이 그 세상인가? 결국 그 세상의, 또
　　　　　그 다음의 그 세상이란 말인가?
젊은 여자   난 이런 곳에 와 본 적이 있는 것 같아요. 소풍이
　　　　　었을까?
중년 여자   아니에요. 우리들은 천국에 온 거예요.
젊은 남자   시시한 천국이군요. 똥통 냄새가 푹푹 나는데?
젊은 여자   쉿! 누군가 와요.

마을 청년 남녀가 나온다. 마을 청년 가즈오는 짚을 실은 리어커를 끌고 있고, 마을 처녀 시즈코는 그 뒤를 밀고 있다. (할 수 있으면 두 사람의 대화는 사투리로)

시즈코   가즈오 씨! 정말루, 이제 괜찮아예. 이젠 내 혼자서
          끌고 갈라예.

가즈오   그랴, 그라제이! 마을 사람들이 보믄, 또 야단법석
          일 거니께.

시즈코   우리 아버지도 야단일 거라예…

가즈오   그랴, 바꾸제이! (리어커 끄는 것을 교대한다.) 내는,
          내는 말이다, 죽어도 시즈코를 사랑할 끼다.

시즈코   지두예, 지두 그라예. 언제까지나, 영원히 당신을
          잊지 않을 거라예.

가즈오   그랴, 징말로 우리들의 사랑은 순수할 끼다. 억수
          로 순수할 정도로 순수한 것이니께.

시즈코   (리어커를 끌기 시작하고) 잘 가예, 가즈오!

가즈오   조심하레이.

시즈코   예.

가즈오   그러믄, 내일 묘지 뒤 논에서 보제이.

시즈코   예. 그럼, 잘 가예.

가즈오   아니데이. 조금만 더 밀어 주고 갈끼다.

두 남녀는 간다.

중년 여자　이런 곳이 천국일 리가 없어. 우리들이 살아 있었
　　　　　을 때 지겨웠던 그 세계잖아.

젊은 남자　아니, 어쩌면 천국이란 것은 우리들이 살았던 세
　　　　　계에 있었던 것인지도 몰라요.

중년 여자　(울기 시작한다.)

젊은 여자　왜 그래요, 아주머니!

중년 여자　난, 나는 진정한 의미로 살아 있다고 말할 수 없었
　　　　　어. 나는 나 자신의 신앙 속에 죽어 있었던 거야.

젊은 여자　하지만 울 이유는 없잖아요. 나도 어쩌면 아주머
　　　　　니와 같을 거예요. (젊은 남자를 가리키고) 이 사람
　　　　　도 자신의 순수함에 지나치게 구애받고 있었고,
　　　　　그 구애 속에서 죽어 있었던 거예요. 전 가겠어요.

젊은 남자　어디로?

젊은 여자　전 바보 같은 여자가 아니에요. 지금 죽으려고 한
　　　　　것도 그렇잖아요? 또 가지가 꺾여 버려서 정말로
　　　　　죽을 수는 없었지만.

젊은 남자　그래. 시험해 보려는 것은 중요하지. 아주머니, 갑
　　　　　시다.

중년 여자　나는 정말로 살아 있다고는 말할 수 없었어. 신앙

속에 죽어 있었던 거야.

젊은 여자   언제까지 푸념만 하고 있을 거예요? 가요. 아주머
니! 꼭 진정한 의미로 살 수 있다면, 그곳이 분명히
천국일 거예요.

    젊은 남자, 젊은 여자, 중년 여자, 세 사람 떠난다. 노인, 혼
자만 남는다.

노인   아무쪼록 저들은 이 죽음의 나라에서 출구를 찾아
낸 것 같구나. 그렇지만, 그것은 다 내 덕분이지.
그런데도 불구하고 나만이 언제까지나, 영원히 여
기에 있어야만 하다니. 그 이유를 알 수가 없구나.

– 막 –

해설

  이 작품은 『시나 린조 전집(椎名麟三全集)』제12권(椎名麟三,
冬樹社, 1972. 9)에 실린「천국으로의 원정(天國への遠征)」을 번역
한 것이다.

  시나 린조(1911～1973)의 본명은 오쓰보 노보루(大坪昇)이며,
효고현(兵庫縣)에서 태어났다. 그는 1926년에 중학교를 중퇴하고,
오사카(大阪)로 가출했다. 여러 직장을 전전하면서, 독학으로 전문
학교 입학자격시험에 합격했다. 1928년에 우지가와(宇治川)전철
에 입사하고, 노동운동에 뛰어들었다. 일본공산당 우지가와전철
세포주임으로 활동하면서, 등사판 신문에 논문과 소설, 희곡 등을
발표했다. 1931년 검거되어 2년간의 감옥생활을 했으며, 이때 철
학서와 성서에 친숙해졌다. 그리고 1938년에 니가타(新潟)철공소
본사에 입사했다. 이 무렵 도스토예프스키(Dostoevskii)의「악령」
을 읽고 문학에 대한 관심이 깊어졌다. 1947년『전망』에 발표한
「심야의 주연(深夜の酒宴)」은 무거운 관념과 생활의 일상을 독특
하게 융합시키고 있으며, 전후문학의 기념비적 작품으로 반향을
불러일으켰다. 1950년 그리스도교에 귀의하고,「해후(邂逅)」(1952)

를 경계로 그리스도교에 관련된 작품을 쓰기 시작했다. 그때까지 니힐리즘에 빠져 있던 작풍은 「자유의 저쪽에서(自由の彼方で)」(1953~1954), 「아름다운 여자(美しい女)」(1955)를 통해 점차 생의 실존을 긍정하는 방향으로 나아갔다. 최후의 장편으로 「징역자의 고발(懲役人の告發)」(1969)이 있다. 그로테스크한 유머의 풍미를 가진 뛰어난 극작가이다.

「천국으로의 원정」은 『신극』(新劇, 90호, 1961. 1)에 발표되었고, 청년좌 제21회 공연으로서 배우좌 극장에서 상연되었다. 이 작품은 1960년 2월호에 발표된 「손가락(指)」에서, 피란델로의 「문(門)」, 사르트르의 「출구 없음(出口なし)」, 아베 고보(安部公房)의 「제복(制服)」 등을 들어 예시한 바 있듯이, '완전할 수 없는 존재들'인 죽은 사람들을 묘사하고 있다. 두 그루의 마른 나무는 인간계의 상대적 관계를 상징한다. 그 '죽음의 나라'에 지나치게 순수해서 자살한 젊은 남자, 너무 많은 사람을 사랑해서 타살된 젊은 여자, 지독한 신앙심으로 병들어 죽은 중년 여자, 이 세 사람이 돌을 짊어지고 나타나지만, 어디로 가면 좋을지 알지 못한다. 돌이 상징하는 인간이 짊어진 무거운 짐은, 자기 절대화의 상징이다. 죽어서까지 자신을 '절대'로서 내세우며, 싸우기도 하고, 자살하려고 하는 것은, "죽어서 죽는다"고 하는 이중(二重)의 부정(否定)을 의미하고, 이를 통해서 '삶'을 묻고 있다. 다시 말하면, 노인에게 빌린 무거운 짐을 돌려주는 행위에서 볼 수 있듯이 "죽은 것처럼

산다" 는 것을 작가는 쓰고 있다. 그리고 작가는 자신의 모티프로서 다음과 같이 말하고 있다. "자신의 주의주장에 절대성을 주는 것이, 나에게는 현대의 광기이며, 나아가 죽음으로 생각되기 때문이다."(극단 청년좌 No.34 팸플릿 「작자의 말」 1971. 8)

미야기노(宮城野)

야시로 세이이치(矢代靜一)

1막

미야기노   어쩐 일이야? 안 마셔요? 아까부터 그저 두 모금, 세 모금 입에 대기만 하고. 다른 때처럼 내가 내는 거니까, 걱정 안 해도 돼요. 그리고 이미 나온 건데 마시든 안 마시든 계산은 다 나한테 돌아오니까요. 치사하다고 할지 모르겠지만 남기면 아깝잖아요.

야타로   (마지못해 따라서 마신다.) … 이렇게 하면 되겠어? 미야기노.

미야기노   (신명이 나서) 어머… 이렇게, 이마를 찡그리지 마시고. 미워요. 마치 한약이라도 마시고 있는 것 같네. 술도 많고, 맛있는 음식도 많고, 달리 할 일도 없고…. 이제 서서히 마루로 올라갈까요? 그것도 싫은 모양이군요. 저어, 오늘 무슨 일이 있는 거죠? (농담을 섞어서) 누구라도 죽이고 왔나?

야타로   (당황하며 음식을 씹는다.) ….

미야기노   그렇다면, 뭐든지, 당신이 하라는 대로 해 드려야지요. 전에도 그런 손님이 찾아온 적이 있어요. 그 사람은요. 잘난 체하고 또, 말이 많았는데요. 방에 들어가자마자, 바로 얘기를 쏟아 놓더라구요. 술도 마실 그럴 상황이 아니었어요. 그저 뱃속으로 벌떡벌떡 흘러들어 갈 뿐이었지요. (생각난 듯이 고개를 끄덕이고) 그래서 저는 말예요, 아무 말 않고 맞장구만 쳤지요. 아, 그래, 맞아. 오늘 밤은 요전 날과 반대로 하면 되겠네. 내가 실컷 조잘조잘대고, 술도 맘껏 마셔야겠어요. 당신, 아까, 맞다, 아직 해가 지기 전에 불쑥 찾아와서, 하수구 뚜껑에 걸려 넘어지며 말했지요. "어이, 미야기노, 오늘은 유난히 더 예쁘잖아. 홀딱 반하겠는데."

야타로   …. (자신에게 말하는 것처럼) 술은 그만 마셔야지. 아주 조금이라면, 독은 안 되지만. 오히려, 약이지…. 그것이 문제라니까. 애초부터… 정말이야.

미야기노   칭찬받고 화를 낼 바보는 없겠지만 말이에요. 화
        장발로 감추고 있지만, 햇빛에서 보면… 속일 수
        가 없죠. 내 피부는요, 까칠까칠 터서, 그 위에 떡
        칠을 하고 있어요. "이런 장사 오래 할 것이 못 돼
        요. 저처럼 되면 끝장까지는 아니지만, 끝장나다의
        '끝' 자 정도는 된다니까요."라고 입버릇처럼 말
        하고 있어요. 열 대여섯 되는 젊은 아가씨들이 팔
        려 왔을 때 … 지난번 기근으로 조주(上州)[8] 근처
        에서 많이 왔는데요, 고것들이 모두 살갗이 타긴
        했지만, 포동포동하니 귀엽고 건강한 애들이더라
        구요. (웃으면서) 하지만, 나란 인간, 그다지 영리하
        지 못한 거죠. 다른 장사로는 왕창 벌 수가 없으니
        까, 이 장사가 싫으면서도 들어온 것이에요. 그런
        데 처음부터 그만둬야지 그만둬야지 하니…. (웃
        는다.) 젊은 아가씨라도 나설 면목이 없잖아요? 그
        런데, 저는 다른 젊은 아가씨가 들어오면, 또 거듭
        해서 설교를 하죠. 아침에 일어났을 때에 불단에
        서, 찡- 하는 것처럼 젊은 아가씨들의 마음속을 찡
        하니 두들기지 않으면, 난, 기분이 좋지 않아요.
        찡- 하고 들리면, 나의 마음속은요, 언제나 당신
        생각으로 가득해요. 철주전자에서 부글부글 끓어

오르는 뜨거운 물처럼, 마음속은 언제나, 찡찡찡찡
청명한 소리를 내고, 울리고 또 울리지요.

야타로　역시 마셔야겠어.

미야기노　그래요. (바지런하고 발랄하게 술을 따라준다.) 당신
은 남보다 배는 더 열심히 일하고 있을 걸요. 술
정도야 맘껏 마셔야죠, 몸이 쉴 수가 없잖아요. 아
침 일찍부터 해가 저물 때까지 그림 공부, 밤은 밤
대로 또 밤을 지새우고, '야식우동'의 포장마차를
끌고 아자부(麻布)의 연립주택에서 아카사카(赤坂)
의 벤케이(辯慶)다리까지, 장사 또 장사. 저는요, 공
부하고 있는 사람 보고 있으면, 저절로 고개가 숙
여져요. 공부는 머리를 쓰는 거잖아요. 우선 야타
로 씨는 천하의 명인, 손가락으로 꼽을 훌륭한 화
가 선생님의 제자가 될 수 있었잖아요. 그 이름이
뭐지? 항상 잊어버리더라.

야타로　그런 잔소리꾼 영감의 이름 같은 건 아무래도 좋
아. 그래, 옛날 그림은 굉장했지. 분명히 혼까지 벌
떡 일어날 정도였으니.

미야기노　아, 생각났다, 생각났어요. 도슈사이 샤라쿠 선생
님. 엄격했지요. 그런 큰 선생님은?

야타로　흥, 나 같은 것보다 자네 쪽이 훨씬 더 힘들지. 그

155

래, 미야기노. 조심해. 피곤함이 쌓이고 쌓여서, 눈덩이처럼 부풀어, 결국에는 녹아 흘러서….

미야기노   정말로 부풀어 버리나 봐요, 이런 곳에서 지내고 있으면. 원망스러운 일이든, 슬픈 일이든, 쓸쓸한 일이든, 자꾸자꾸 부풀어 버리죠. 전 아침 다섯 시에 일어나서, 부엌일을 시작해요. 전날 밤에 술을 너무 많이 마신 날은, 아침에 정말 괴로워요. 마치 몸이 무너질 것 같아요. 하지만 그런 때는, 전 이런 식으로 생각하기로 했어요. 술은 누가 권해서 마신 게 아니고, 내가 술을 좋아하니까, 거절할 수도 있는데, 주는 대로 쭉쭉 마셔 버렸다고. 그러니까 몸에서 우러나는 적적함이니까, 어쩔 수 없는 것이구나. 밥을 짓는 동안에 설렁설렁 집안 청소를 하고, 그리고 아침밥은 대개 오신코(お新香)[9]와 푸성귀, 그리고 자반 연어같이 지난밤에 먹다 남은 것, 가끔은 생달걀을 먹는 일도 있지만, 그런 때는 살아 있어서 다행이구나, 라고 생각하죠. 그리고 빨래랑 바느질을 하고 있으면, 곧 점심, 점심때 반찬은, 그래요….

야타로   내가 무슨 용무로 왔는지, 알겠어?

미야기노   (알아요, 알아요, 라고 하는 듯이 고개를 끄덕거린다)

점심을 먹고 나면, 샤미센(三味線)[10]과 춤 연습을
하러 권번[11]에 다녀요. 세상 사람들은요, 이런 곳
에서 일하고 있는 여자니까, 기생들과 달리 연희
는 아무것도 할 수 없다고 생각하고 있는 것 같아
요. 그래서 연희를 주문하는 손님도 없구요. 그렇
지만, 저는요, 그런 식으로 호객 행위를 한다든지,
몸을 판다든지 하는 거야말로, 그래요, 나름대로
예능은 중요하다고 생각하고 있어요. 언제나 마음
을 다잡기 위해서는 훈련이 무엇보다도 중요하죠.
그러고 보니, 권번에서 돌아올 때, 우연히 골목에
서 야타로 씨와 자주 마주쳤죠. 몇 번이지? 저는,
그때마다 …뭐랄까, 그런 말 있잖아요? … 그거.
눈물 쏟아지게 하는 다메나가 슌스이(爲永春水)[12]
선생님이 자주 사용하는 말. 그래, 맞아요. '핑 돌
다' 말이에요. 전 그때마다 핑 돌아서….

야타로   그건 우연이 아니야. 나는 화장기 없는 맨 얼굴의
            자네를 보는 것이 너무 좋았어.

미야기노   야채 가게에서 무 가격을 깎을 때, 그런 말 했어요.
            (웃는다.)

야타로   아까 그 말인데.

미야기노   아, 예.

야타로   나는 남을 죽이고 그런 짓은 하지 않았어.

미야기노   (믿지 않는다.) 아, 그래요!

야타로   내가 누굴 죽일 수 있을 만큼, 간덩이 큰 남자로
         보이나?

미야기노   간이 작은 사람만이 남을 죽이는 거예요. 정말로 간
         이 큰 사람이라면, 죽이고 싶어도, 꾹 참고 참아요.

야타로   그럼 자네도, 필시, 간덩이가 커질 때가 있었을 것
         이야. 이런 속세에 몸을 담고 있으면, 단번에 죽여
         주고 싶은 녀석이, 두세 명은 틀림없이 있을 걸.

미야기노   어머? 저를 말하는 거라면, 잘못 짚었는데요. 전 이
         다케노야(竹の屋)에 고용되어 왔을 때, 나에 관해
         요만큼도 가련한 신세라고는 생각하지 않았어요.

야타로   그렇다면, 기꺼이….

미야기노   그런 정도는 아니었지만… 뭔가, 자연스럽게 이렇
         게 되는 것이 당연한 것 같은 느낌이 들어서….

야타로   이해가 안 돼.

미야기노   결국 저는, 그걸 좋아하는 여자라고 생각했어요.
         어머, 그거라고 해도, 외설된 의미가 아니에요. 그
         렇게 얼굴 찌푸리지 말아요. 그거라는 게, 남자에
         게 안기는 것이 아니에요. 내가 말하는 그거라는
         것은요…. 아, 정말 어렵다. 하지만 내 입으로 잘

설명하기는 그렇지만.

야타로 설명할 수 없다면 들을 것도 없지만, 뭐, 보통은, 아버지가 손을 쓸 수 없을 정도로 술주정뱅이인데다, 형제 중에 불구자가 있는데다, 대개는 그런 이야기에서 시작되는 것이 순서지.

미야기노 으음, 아버지는, 우선, 징그럽다는 말이 붙을 정도로 착실히 일만 했고, 하나뿐인 여동생은, 오이와케 고마치(追分小町)[13]라고 말할 정도로 마을에서 소문난 미인입니다.

야타로 그렇다면, 타락한 여자가 되어 버린 거군, 자넨.

미야기노 지금 말한 대로예요. 그분에게도 그런 말 들었어요.

야타로 그분이라구? 절의 주지스님인가 지주(地主)인가 말이야?

미야기노 으응, 젊고 야무진 무사예요. 요즘 매년 기근이 계속되고 있잖아요. 게다가, 마을 사람도 다들 몹시 지쳐 버려서요, 흥하든 망하든 궐기라도 할 마음이 되어서… 결국, 승산할 여지가 없기 때문에 그만둬 버렸지만…. 그때, 교토(京都) 쪽에서 가세에 달려들어 주셨던 무사(侍) 중 한 사람이에요. 확실히는 모르지만, 오시오 헤이하치로(大塩平八郎)[14] 선생님의 가르침을 받고 농부들을 편들어 주던 그분. 전 그 그분에게, 몸도 마음도 다 바쳤어요.

야타로   몸도 마음도라고?

미야기노 (몽상적이 되어서)「마을 변두리의 홀로 선 삼나무
          의…」… 그래요, 난, 큰맘 먹고, 다카노 노부사부
          로(高野信三朗)에게 편지를 썼어요. 글씨도 못 쓰
          는 주제에, 나란 인간은 어째서 이렇게 편지를 좋
          아하는 건지! 편지라면, 상대의 얼굴을 보지 않고
          도 할 수 있는 거니까 그러겠죠? '마을 변두리의
          홀로 선 삼나무의 둘레를, 두 사람이 서로 양손을
          잡고, 원이 되어, 빙빙 돌면, 소원이 이루어진다는
          말이 전해지고 있어요. 소원 중에 소원. 보름날 달
          밤에, 마을 변두리의 홀로 선 삼나무에 살짝 찾아
          와 주세요.'

야타로   그래 왔어?

미야기노 물론 와 주셨죠. 세상 물정 모를 것 같은, 그런 모
          습으로요. 전, 푹 빠져서, 그분에게 착 달라붙어, 고
          의로 눕게 했지요.

야타로   술이란 건 좋은 거야. (쭈욱 들이마시고 입맛을 다
          신다.)

미야기노 전요, 눈을 감고, 그리고 바삭바삭 마른 아랫입술
          을 쭈욱 내밀고, 기다리고 있었어요, 그래요, 계속

기다렸어요. 그러는 사이에, 몸의 힘이 싹 풀린 듯한 기분이 들었어요. 이상하게 생각되어 눈을 떴더니, 그분은 옆에 없잖아요. 홀로 선 삼나무에 기대어서, 팔짱을 끼고, 자비스러운 얼굴로 말씀하셨어요. "나와 부부가 될 마음이 있는 거야?"… 천만의 말씀이에요. 아깝죠. "그렇다면, 이런 나쁜 짓을 해서는 안 되지. 나중에 안타깝게 여길 일은 하지 말아야지. 마음의 상처는 몸의 상처보다도 잘 낫지 않는 거야" 마지막에, 이렇게 말씀하셨어요. "여우한테 홀린 것인지도 모르지, 내가 떼어 내 주지" 그분은 이마 요 근처에, 살짝, 이슬방울 같은 찬 기운이 느껴지는 달콤한 입술을…. 정신을 차렸을 때에는, 이미 그분은 없었어요.

야타로 그래서 '그분하고는' 그걸로 끝이야?

미야기노 예, 그 일로, 절실하게 느낀 것은, 더욱더 내가 예뻐지고, 돈이 많아지고, 남자를 기쁘게 할 수 있는 기술을 많이 알아야만, 더 더욱 훌륭한 사람이 나를 귀여워해 주시겠구나 …. 그래서 전, 다행히, 연고가 있어서, 이런 생업에 들어온 거에요. (득의양양하게) 어때요? 조금도, 가련한 신세 이야기가 아니지요?

야타로	아까 타락했다느니 어쩌느니 해서 미안해. 지금 이야기를 듣고 보니, 자네는 어쩌면 나중에… 십 년이나 이십 년 뒤에 태어나는 쪽이 좋았을지도 모르겠다는 생각이 드는군. 요즘 여자들에게서는, 보기 드물게 활발하고, 우선, 하는 행동이 센스가 있어. 역시 자네는 나한테는 과분해. (술을 단숨에 들이킨다.)
미야기노	또 잔이 내 차례네!
야타로	아, 자네가 술을 따라주면, 요상하게 잔이 빨리 돈 다니까.
미야기노	그건 다행이네요. 모처럼 기분이 좋아졌다는 것이 니. 이런 말 하고 싶지는 않았지만. 하지만 그래, 맞아요. 당신, 느긋하게 있을 수도 없는 입장이니 까, 애써 마음을 다잡고 말하는데, 빨리 에도(江戸) 에서 도망쳐야만 해요. 돈이라면 걱정말고. 우리 오카미상[15]에게 부탁해서, 얼마든지 선불을 받아 드릴게요. 전 요즘 돈 많은 손님들이 찾아와요. 그 래서 오카미상, 최고로 기분이 좋거든요.
야타로	어떻든지, 이제 됐어. 어느것도, 지금 나로서는 마 음이 내키지 않으니.
미야기노	인간이라면 누구든지, 그런 때는 있게 마련이에요.

저 또한, 그 눈이 많이 내리던 날 밤에, 몸뿐만이 아니고 마음까지 냉랭해져 버려서, 녹초가 된 거예요. 그것을… 저수지 근처 길가에서 쓰러질 것 같은 저를, 당신이 구해 줘서 집까지 데려다 주었고, 따뜻한 '야식우동'을 먹게 해 주었어요. 국물도, 양념도, 건더기도, 일부러 새것으로 만들어 주고…. 전, 죽는 줄 알았어요. 천벌을 받는다고 생각했어요. 아무튼, 장사용 우동을 일부러, 저 혼자서 먹게 했는걸요. 그래 맞아, 그날이 당신과 처음 만난 날이었지요. 그때 그 친절함, 저는 잊지 않아요. 그리고 이번에는 제가 도와드릴 차례예요. 그래요. 뭐든지 감추지 말고 말해 주세요. 배신 같은 것은 하지 않을 테니까. 전, 어떤 사람한테 들은 건데요. 당신이 샤라쿠 선생님을 단숨에….

야타로   (두려움에 놀라 일어선다.)… 그, 그런 바보 같은, 아무도 모를 건데.

미야기노   그래, 맞아요. 저 외에는 아무도 몰라요.

    복도에서, 비틀비틀 흐트러진 발걸음 소리가 들린다. 떨떠름한 샤미센 소리.
    야타로, 가슴 속에서, 식칼을 꺼내 들고, 기다린다… 하지만, 전혀, 자세가 되어 있지 않다.

　발걸음 소리 사라진다.

야타로　　　(아무렇게나 앉으며) 좋아, 어쨌든 언젠가는, 관리
　　　　　　(役人)의 귀에 들어갈 거야. 하루 빠르거나 늦거나
　　　　　　정도의 차이겠지. 붙잡히게 되면 잡혀도 좋아.

　야타로는, 마루 구석에 놓여 있었던 그림 통을 집어 들고, 펼
친다. 샤라쿠의 작품으로, 바로 그 초상화(大首繪) 한 장이다.

야타로　　　이것, 자네에게 줄 테니까. 좀 잠잠해질 즈음에 팔
　　　　　　면 좋을 거야. 눈알이 튀어나올 정도로 좋은 가격
　　　　　　으로 팔릴 걸.
미야기노　　하지만… 훔쳐온 거예요? 이 샤라쿠 선생님의 그
　　　　　　림?
야타로　　　샤라쿠 선생이 그린 것이 아니야. 이건 내 그림이
　　　　　　야.
미야기노　　에? (으아한 얼굴)
야타로　　　그렇다 해도, 자네에게 말해도, 도대체 뭐가 뭔지
　　　　　　알지 못하겠지만, 애당초, 이 그림이 원인이 되어서,
　　　　　　샤라쿠 영감의 목을 졸라 버렸던 거지. (갑자기, 격

하게 쓰러져 운다.)

미야기노   (안타까움에, 작은 소리로) 아아, 울어요, 실컷 울어
           요. 다시, 투명한 맑은 소리를 내고, 찡찡찡찡, 찡찡
           찡찡… 저는요, 가난한 농부의 딸이지만, 찡찡찡찡
           소리에 가만히 귀를 기울이고 있을 때는요. 어느
           댁 따님보다도 훨씬 더 고상한 여자가 저래요. 잘
           난 체하게 돼요. 사랑이란, 정말로 즐거운 거예요.

야타로   (우는 것을 멈추고) 이 그림은, 지금부터 사십 년 전
           에, 아직 젊었던 시절에 샤라쿠 선생님이 그린 것
           이야.

미야기노   그것 봐요.

야타로   … 그래서, 출판사 쓰타야(蔦屋)에 팔려고 했던 건
           데. 요 이삼 년의 일인데, 내가 매일매일 샤라쿠의
           그림만 노려보고 있었지. 이것도 분명히 그림 공
           부임에 틀림없지만, 확실히 말하면, 모사 화가의
           공부이지. 불쌍하게도 샤라쿠 영감은 오랫동안 유
           랑생활을 해서, 그림붓을 잡을 기력도 없었어. 설
           사 어떻게 그림을 그릴 수 있었다 해도, 칠십 영감
           이 이렇게 생생하고, 힘이 넘치는 그림을 그릴 수
           있었겠는가 하는 거야. 게다가 이것은 말이야, 다
           름 아닌 도슈사이 샤라쿠 자신에게 부탁을 받고,

이 야타로가 이것에만 몰두해서 그려낸 것이라구.

미야기노　이 정도로 그릴 수 있다면, 제 구실하는 사람이 되었다는 거네. 야타로 씨 공부한 보람이 있어서 좋겠어요. 잘됐어요. 가짜든 진짜든, 중요한 것은 제 구실을 하는 사람이 되는 거잖아요.

야타로　나는 점심이 지나도록, 덧문을 닫은 어두컴컴한 방에서, 매일매일 모사 그림을 그리고 있었어. 때로는 무엇 때문에 이렇게 하고 있는 건지 마음속을 뒤집어 버리고 싶을 때가 있었지. (점차 흥분한다.) 샤라쿠의 모사(模寫)의 명인이라고 하면, 아무리 출판사에서 칭찬을 들어도, 결국은 자신없이 세상을 살아가야만 하고. 그래서 큰맘 먹고, 자기 그림으로 승부를 걸어 볼까 했지만, 그 정도의 담력도 없고. 그렇다고 해서, 청빈에 파묻혀서 '야식 우동가게'에서 평생을 헛되이 썩는 것은, 너무나 비참하고. 그런 나의 한심스러운 처지를 알아차리고, 샤라쿠 영감은 말이야…. 그러니까, 자네처럼 괴로운 속세에서, 매일매일을 기죽지 않고 지내고 있는 사람이 부러워 죽겠다고. 밟아도, 채여도 태연하게 뻔뻔히 살아가는 끈질긴 잡초라고나 할까. 자네에게는 그런 것이 있지. 잡초라고 지금 말했는데, 솔직히 말하면 잡초라는 것은, 집안도 재능도 없으니까, 겁쟁이지. 잡초가 강한 바람에 견디고, 건장하게 자란다는 것은, 이건 몹시 힘든 거야. 이 힘든 일을 자네는 하고 있어. 이봐, 미야기노, 나에게 그 생명의 비밀을 좀 가르쳐 줘. 마지막 부탁이니까. 다 벗고, 탱탱한 가슴이랑, 꼭 조이는 넓적다리를 좀 보여 줘 봐. 맞아, 내가 자네를 그린다면, 이제 조금은 나은 인간이 될 수 있을 지도 모르겠어.

미야기노   좋아요. 다 벗어 드리지요.

    미야기노, 주저하지 않고 허리끈을 푼다. 야타로, 게걸스럽게 웃는다.

야타로   이제 어떻든 끝장난 거야. 지난밤 나는 핫초보리(八丁堀) 스승님 댁으로 오라고 해서 갔지. 샤라쿠 영감은 말이야. 어지간히 술기운도 있었지만…. 오카요(おかよ)를 앞에 두고, 나에게 이렇게 말하더군. "야타로, 너는 말이야…" … 참, 그래 (눈을 딴 데로 돌리고) 오카요는 손녀인데, 열여덟, 아니 아홉이 되었을 거야.

167
미야기노(宮城野)

미야기노   (조용히 고개를 끄덕인다.)

야타로   "야타로, 너는 이 어르신 덕분에, 어떻든 하루 세끼
           밥을 먹을 수 있게 되었다" 내 앞에서 자기를 이
           어르신이라고 하는 거였어. 붉은 코를 벌름벌름거
           리고, 북실북실한 가슴 털을 엄지손가락과 집게손
           가락으로 문질러 비비 꼬면서. "하지만, 잘못 돼도
           화가라느니, 주제넘게 자부심이 너무 강하면 안
           돼. 그림에서 제일 중요한 것은 혼(魂)이다. 너의
           그림에는 분명히 혼은 있다. 있지만, 그것은 내 혼
           이다. 따라서 거기에 있는 너는 혼이 빠진 녀석이
           다…" 혼이 빠진 녀석… 그거야, 그렇다고 해. 왠
           지, 나란 놈은 그런 식으로 비겁하고 수준이 낮은
           곳에 자신을 두는 편이, 마음이 편안해지게 되어
           있으니. 하지만 그 다음이 문제였어. "그 혼이 빠
           진 녀석에게, 우리 손녀 오카요가 홀딱 반해서 넋
           을 잃고 있는 걸 아나? 껄껄껄껄" … 스승은 뚱보
           칠복신처럼, 금방 터질 듯이 불룩한 배를 문지르
           면서 껄껄껄껄 큰소리로 웃는 거야. 힐끗 보니, 오
           카요는 볼이 연분홍빛으로 붉어져 있고, 고개를
           숙이고, 다다미의 가장자리를 문지르고 있었어. 나
           에게는 오카요가, 끄적끄적 뭔가를 그리고 있는데

미칠 것 같더라고. 계속해서 이렇게 말하더군. "자네 한밤중에 가만히 오카요의 얼굴이나 모습을 공중에 떠올리고, 홑이불 덮고는, 이쪽으로 뒹굴뒹굴, 저쪽으로 뒹굴뒹굴"… 그리고, 또, 껄껄껄껄 웃은 뒤에, 드디어 "뭐, 자네가 그러는 걸 본 것은 아니지만, 오카요가 그러는 건 분명히 보았네. 딱딱한 베개를 사타구니에 꼭 끼고, 조그마한 엉덩이를 실룩실룩 흔들고, '야타로 님!'"…그때, 나의 가슴은 이른 아침 종소리처럼 울리기 시작했지. 정신없이 술을 벌컥벌컥 퍼 마시고, "안 돼요, 안 됩니다. 스승님! 오카요는 순수한 아이에요. 개미가 열 마리쯤 모여서 힘을 합해 곤충을 옮기려고 하고 있었는데, 하지만 죽은 곤충은 무거워지는 건지, 조금도 움직이려고 하지 않았어요. 그런 모습을 보고, '가엾어요' 하며, 나를 보고 눈물을 글썽일 정도로 순수해요. 농담도 정도껏 해 두시지요"… 오카요는 훌쩍훌쩍 울었어. 스승은 껄껄껄걸 하고 웃고. "그렇게 유치한 데도 있을지 모르지. 오카요는 아직 있어야 할 곳에 털이 나지 않았으니까" … "너무 심하시군요!" 나는 화가 치밀었고, 정신을 차렸을 때, 나의 양손 열 손가락 끝이 스승의 목에 얽혀 있었던 거야….

미야기노   당신, 오카요를 정말로 마음속으로 좋아했었군요.

야타로   뭘, 그런 것이 아니야. 손 한 번 잡은 적도 없는데. 단지 한 방에서 둘만 있으면, 오카요는 "무서워요" 라고 말하고, 바로 도망쳐 나가 버릴 정도였어.

미야기노   오카요도 좋아한 거예요. 당신이 살인한 이야기, 오카요에게 들은 걸요. 오늘 아침 일찍 여기에 찾아왔어요.

야타로   그랬었나?

미야기노   정말로, 표정은 순진하고, 피부는 뽀얗고, 입은 작게 오므려서 귀엽고, 모모와레(桃割れ)[16]가 잘 어울리고…. 잘 어울려요 야타로 씨와도. 오카요가 말했어요. "할아버지가 살해되었는데, 난 나쁜 아이죠. 조금도 할아버지가 가엾다고 생각되지 않아요. 오히려 야타로 씨가 가엾어요. 야타로 씨는 분명히 당신을 의지하고 있으니, 여기에 올 거라고 생각합니다. 그렇다면… 부탁해요. 야타로 씨를 도망가게 해 주세요. 저는 어떻게 되든 좋으니까요."

야타로   오카요에겐 정말 염치가 없어. 결국.

미야기노   저는요. 소름이 끼칠 정도로 기뻤어요. 그러니까

야타로 씨는 저에 관해서 오카요에게 제대로 이야
기하고 있었다는 거잖아요.

야타로   그래, 오카요는 지금 어디에 있지? 설마, 스승님의,
            그… (기쁜 듯이 웃고) 혼이 빠진 껍데기와 함께 있
            는 것은 아니겠지?

미야기노   출판사에 가서, 사후 처리는 어떻게 할 건지 상담
            을 한다고 했어요. 도둑에게 살해당했다는 식으로
            말을 맞추겠다고. 어린데, 다부지죠?

야타로   그래?

미야기노   기쁘지 않아요? 게다가, 가능하면, 이 못난 것도 함
            께 야타로 씨와 도망가 주길 바란대나요.

야타로   뭐라구? 오카요는 참 기특하기도 해.

미야기노   그래요. 그래서 제가 그렇게 말해 줬어요. "농담이
            아닌데. 나는 분명히 야타로 씨를 좋아해. 아주 좋
            아하지. 생명을 바쳐도 두렵지 않을 정도로 좋아
            해. 그래도. 나는 이래봬도 잘 참을 수 있는 여자야.
            그러니까 야타로 씨가 없다 해도, 열심히, 겁내지
            않고, 살아갈 수 있다구. 그뿐이 아니야. 콧노래 부
            르고, 싫은 남자 손님들 가슴에 안기어도, 그런 대
            로 즐길 수 있는 여자라구. 그렇지만 오카요! 너는
            그렇지가 않아. 너는 야타로 씨와 헤어지게 되면,

맥없이 주저앉게 되어 있어. 나는 말이야. 너의 그 여린 마음만으로, 눈물이 나올 정도로 기쁘다. 자, 빨리 출판사로 가라. 그리고 여러 가지 지혜를 짜내서, 해가 완전히 저물어지면, 시바신메이(芝沖明)의 오이나리상(お稲荷さん) 경내 찻집으로 가라. 여행 준비를 해 가지고. 찻집은 이미 닫혀 있겠지만. 탕탕탕 세 번 문을 두드리고, "다키야마초(瀧山町)의 주인장 계십니까?"라고 말해 봐. 문이 열리고, 안에는 분명히 가엾은 야타로 씨가 여행 준비를 하고, 오카요가 오는 것을 기다리고 있을 테니까." 거기까지, 내가 이야기를 했죠. 그러니까, 오카요가요, "아니에요, 아니에요. 그럴 수는 없어요. 저는 어렸을 때부터 간자시(カンザシ)[17]는커녕, 오하지키 (オハジキ)[18] 하나도, 남의 것을 훔친 적이 없는 여자입니다. 야타로 씨는 미야기노 씨의 사람이잖아요?" …오카요라는 아이, 참 좋은 아이예요. 그 아이와 함께라면요, 만일, 추격자에게 쫓기어 궁지에 몰리더라도, 결국 각오를 해야 할 때가 오더라도, 행복한 기분으로 정사(情死)를 할 수 있을 거예요. 야타로 씨! 솔직히 말해서, 나라면, 도저히 함께 정사 같은 걸 할 용기는 없어요. 막판에

이 속세에 결국 미련이 남을 것이 뻔해요.

야타로   …(고개를 숙이고 있다.)

미야기노 아, 이제 곧 완전히 해가 저물어요. 마지막이니까 다 말해 버리겠는데, 야타로 씨 당신 분명히, 나를 좋아했었어요. 하지만, 화내면 안 돼요…. 하지만, 그건 결국에는 자신의 몸을 주체 못하는 젊은 남자가, 한 푼의 돈도 쓰지 않고, 공짜로 여자의 몸을 안았으니까요. 미안해요. 천박한 소리를 해서. 정나미 떨어진다고 하면 안 돼요. 그리고 친척이 없는 당신에게는, 갑자기 비가 푸실푸실 내리는 밤에, 내가 어머니나 누나처럼 생각되었겠죠.

야타로   미야기노!

미야기노 이제 변명 같은 걸 들을 시간도 없어요. 오카요가 찻집에 가기 전에, 야타로 씨가 먼저 도착해 있지 않으면 곤란한 걸요.

야타로   (고쳐 앉는다.) …급소를 찌르는군. 자네가 말한 대로, 난 자네를 이용하고 있었을 뿐이야, 응석부리기만 했지. 부부가 될 마음은 요만큼도 없었다구. 신부는 조신하고, 뭐랄까 이렇게, 내가 돌봐 주지 않으면, 쓰러질 것 같은… 그대로, 달나라로 사라져 가 버릴 것처럼 보이는 처녀와…. 그리고 음 음,

당연히 신분이 있는 집안의 딸이고…. 봐, 난, 요 근래에 와서 쭉, 가난뱅이로 살았어. 가난한 놈은 뭐랄까, 이상한 것이 몸에 스며들어 있어서는 말이야, 그게, 너무나 싫어서…. 거길 가면, 오카요는 아무리 늙어 빠졌어도, 천하의 도슈사이 샤라쿠 손녀인 걸.

미야기노   자, 잠깐만요. 장단을 맞춰도 좋은데 적당히 하세요. 그렇게까지 저에게 털어놓고 이야기하면, 아무리 그렇다 해도, 너무하지 않아요?

야타로   너무 심했나? 용서하게.

미야기노   남자라면 그렇게 순순히 용서를 빌 일도 아니죠. 넉살좋게 자신의 생각을 밀어붙일 것이지. 쳇, 너무하는군요. 나야말로, 어째서 이런 형편없는 남자에게 반했는지. (갑자기 말을 멈춘다.)

야타로   화났어?

미야기노   아니, 아니에요. (가만히 바라본다.) ….

야타로   왜 그래?

미야기노   (빙긋이 웃고) 고백해 버릴까 보다?

야타로   뭐, 숨기고 있었던 일이라도 있나?

미야기노   아니, 아니요.

야타로   듣고 싶지 않아. 그래, 말하지마. 고백이란 것은, 으레 마음을 상당히 무겁게 하는 이야기잖아? 그렇지 않아도 나는 지금 지쳐 있다구. 쓰러질 것 같은 나 자신을, 이 이상 괴롭히지 말아줘.

야타로는 창 밖을 엿보고, 안절부절못한다.

야타로　　　뉘엿뉘엿, 해가 저물었다. (그림을 갑자기 쥐고) 역시, 이것은 내가 가져야겠어. 몇 년 도망쳐 다녀야 할지 모르지만, 언젠가는 돈도 없어지겠지. 아무리 마음을 굳힌 오카요라도, 돈이 되는 나무를 짊어지고, 사랑의 도피를 해야 마땅하지 않겠어. 이 그림은 아무튼 좋은 가격으로 팔릴 거니까.

미야기노　　(가만히 미소를 짓고 있다.) ….

야타로　　　왜, 왜 그래? 뭐가 이상하다는 거야? 그래? 자네가 말한 것은 알겠어. 샤라쿠의 모사 그림이라면, 얼마든지 그릴 수 있을 텐데…. 이렇게 말하고 있는 거겠지! 제기랄! 그럼, 솔직히 말해 주지. 이 그림이 여기에 있다면, 갑자기, 자네의 마음이 변했을 때 곤란하잖아. "아뢰옵기, 황송합니다만, 야타로라고 하는 사내가, 이러이러 여차여차해서, 이 그림을 가지고, 나 미야기노를 찾아왔습니다."…그러겠지? 그럴 일이 없다고만은 할 수 없잖아.

미야기노 　(늠름한 소리로) 돌려줘요. 그 그림은 내가 받았어요.
　　　　　내가 어째서 그 그림을 이렇게 원하는지, 언젠가는
　　　　　알 수 있을 거예요. 야타로 씨, 돌려주세요!

　　야타로, 그 기세에 꺾여서 건네준다.

야타로 　　　미안하구만. 아, 싫다. 싫어. 어째서 내가 이렇게 의
　　　　　심이 많아져 버린 걸까. (고쳐 앉고) 자, 이야기 해
　　　　　봐. 뭐든지.

미야기노 　좋아요. 언제, 이 방을 나갈지. 내 이야기가 얼마나
　　　　　길어질지, 나 자신도 짐작할 수 없고…. 게다가 생
　　　　　색을 내려는 이야기인 걸요. 당신이 들으면, 불쾌
　　　　　한 기분이 들지도 몰라요.

야타로 　　　빨리 이야기해 봐.

미야기노 　아까, 분명히, 제가 그걸 좋아하는 여자라고 말했
　　　　　잖아요. 그러니까, 바로 그 이야기인데.

야타로 　　　그건, 재밌을 거 같은데. (침착하지 못한 태도로)

미야기노 　부모 형제들 이야기부터 시작할게요. 저의 아버지,
　　　　　일벌레 같은 사람이 아니에요. 술주정뱅이이고, 도
　　　　　박에 사족을 못 쓰고, 일전에 난동이 일어났을 때

도, 포상을 탐내고, 몰래 관리에게 폭로를 할 정도로, 적당히 사는 사람이에요. 하지만 아버지한테 말하면, 그런 것이 아니라 매우 용기 있는 일을 했다고, 우리들은 마을의 은인이라고 하는 거예요. 고발했으니까, 참형을 받은 것은 세 사람으로 끝났지, 진짜 난동을 일으켰다면 마을 민중 전부 여자들까지, 화형(火刑)에 처해졌을 거라나요? 그렇게 말하면, 그도 그럴 것 같구나, 하고 저도 감동해버리는 거예요. 저에게는 그런 버릇이 있어요. 이 가게로 팔려 왔을 때도 그렇구요. 아버지라면요, 지금 이대로라면, 울화병이 난 할머니는 옛날부터 일가가 전부 굶어죽었는데요. 저한테 네가 창녀로 가면, 괴로운 일은 너 혼자이니까, 숫자로 생각해도 그쪽이 득이지 않겠냐? 하는 거예요!

야타로   그러고 보면, 그도 그럴 것 같군.…

미야기노   맞아요, 맞다니까요. 그 주제에. 아버지는 웃기지도 않아요. 그저께도 고주망태가 되어 찾아와서는요. "그때, 좀더 깊이 부모의 행복을 생각했다면, 너는 창녀 따위는 되지 않았을 것이다."…라고, 이러는 거예요. 그러니까요. 내가 이런 장사를 시작하지 않았더라면, 대신에 아버지가 이를 악물고,

땀을 뻘뻘 흘리고 일을 했다는 거죠. 그것이 내가 돈을 잔뜩 가불을 해 주니까, 결국에는 항상 술에 취해 있어서, 덕분에 지금같이 쓸모없는 게을러빠진 사내가 되었다나요, 아버지는 화를 내는 거예요. 나를 두들기고 차고.

야타로　　그렇게 말하니, 그것도 또한 그럴 것 같군…

미야기노　(수긍하며) 여동생이요. 남자들 하는 일은 싫어, 살갗이 터서 가렵고, 아퍼서 싫어, 보리밥은 맛이 없으니까 싫어, 궁전 같은 곳에 살고, 예쁜 옷을 입고, 맛있는 것을 많이 먹고 싶다고, 저에게 호소했을 때….

야타로　　그러고 보면, 그것도 또한… … 으흠, 그게 무슨 술법인가? 모처럼 좋은 이야기도, 당사자로부터 듣게 되니, 기분 더러워지네. 얌전히 있지요, 아가씨! (비웃는다.)

미야기노　눈이 많이 내리던 날 밤, 당신에게 안겼었죠. 그날 저는 나카노(中野)님의 저택으로 여동생을 찾아갔어요. 길고 긴 흙담을 돌아서는 모퉁이에, 큰 용수통이 놓여 있었고, 그곳만 어두운 그림자가 걸쳐 있었어요. 전 여기라면 남의 눈에 띄지 않겠군, 하고 몸을 웅크리고, 여동생이 오는 것을 기다리고 있었죠. 여동생이 찾아오긴 했어요. 글쎄, 오자마자, 깽깽거리는 소리로, 쉬지 않고 계속해서, 지껄여대더군요…. 저야말로, 그즈음 몹시 몸 상태가 좋지 않았어요. 여동생의 기뻐하는 얼굴을 보고 싶은 마음에, 어떻게든 돈을 모으려고, 손님을 무리하게 받아들였어요. (여동생 같은 소리로) "언니! 나는 이제 한 시대를 장악한 나카노(中野石翁)님을 곁에서 돌봐드리는 몸종이 될 만큼 출세했어. 그러니까 언니도 아무렇지도 않게 저택에 찾아와서는 곤란해. 그건 말이야, 만사형통한거야, 호화로운 저택에서 일하고 있고, 많은 것을 얻을 수 있어. 그러니까 언니가 그것을 깨닫고, 이번에도 잔뜩… 으음, 그래, 도둑질이라도 하지 않으면 손에 들어오지 않을 정도의 돈을, 일부러 찾아와서 부엌 쪽문에서 건네준 마음은 고마워. 하지만, 이 다음부터는 두 번 다시, 설령 부엌 쪽문에서라도, 저택에 얼굴을 내밀지 말고, 자주 다니는 포목점 시라키야(白木屋)의 점장에게 전해 달라고, 알아듣게 말했었는데. 언니, 아휴 고약해. 어딘지 모르게, 몸이고 마음이고 다. 나를 만나고 싶어도 참아야 해. 그렇지 않으면 자매의 인연은 끊기니까"… 역시

이상하네요. 남에게 이런 말하려니까, 야타로 씨,
많이 저물었어요. 일어나요.

야타로   그렇다면, 미야기노….

미야기노   그만둬요. 징그럽게, 눅눅한 소리로 그래요? 오카
요에게 말해 줘요. "꼭 행복하게 될 거니까" 라고
요. 이제 한 마디만 더 하겠어요. 일어나요.

야타로   미안해. (지그시 웃고) 이대로 만날 수 없을지도 모
르니까, 나도 고백할까? 내가 샤라쿠를 죽인 것은,
분명히 오카요가 부끄러워했기 때문이야. 하지만,
그것만이 아니야. 그것만으로 살인을 할 만큼, 내
가 바보는 아니지. 아무리 앞뒤 가리지 않고 마셨
다고 하더라도 말이야. 좋지, 샤라쿠가 이 세상에
서 없어지고, 이제부터 앞으로는, 내가 그리는 모
사 그림의 돈벌이는 모두 내 호주머니에 들어오지
않겠어? 자세히 말하면, 출판사 쓰타야 사장하고,
오카요와 나, 세 사람 것이지. 일어나야지. 보통 여
자라면, 이걸로 정나미도 떨어지겠지만, 자네는 형
편없는 녀석에게 편을 들어주는 괴상한 병을 가지
고 있으니. 나도 이 한마디로 이제 일어나야겠어.

야타로, 허세라는 것을 바로 알 수 있는 위협적인 포즈를

취하고 사라진다.

어깨를 축 늘어뜨린 뒷모습이 가련하다.

미야기노 아니, 말도 안 돼. 그럼, 세 사람이 처음부터 서로
짜고, 공모하고,… 샤라쿠 선생님을…. 도대체, 말
도 안 돼요. 남을 무시하고….(울분을 토해 내려고
하다가, 마음을 바꾸고) 정말로 어려운 문제군요. 어
떤 모습이, 다카노 노부사부로우(高野信三郎)님인
가요. 어거지로, 아무것도 알지 못했던 나를, 풀숲
에 쓰러뜨리고, 그대로 행방을 감추는 것, 인간쓰
레기가 아닌가요? 오카요도 마찬가지예요. 오늘
아침, 들어오자마자, 돈을 휴지에 둘둘 말아서, 다
다미에 내던지고, "야타로 씨는 내 거예요. 야타로
씨는 당신에게 말려든 거예요, 그러니까 꼭 여기
에 올 걸요. 오면, 시바신메이 경내로, 해가 완전히
저물었을 즈음, 반드시, 데리고 오도록…. 아, 어째
서, 천박한 여자인 걸까!"… 아무튼, 좋아요. 그나
저나, 모두 내가, 그것을 좋아하는 천성에서 온 것
이니까. 누구를 책망할 것도 못 되지요. 그렇지
뭐.… 언제였지, 그걸 좋아하게 된 것이. 그래, 일
곱 살 때의 여름이었어요. 올챙이를 잡으러, 뒷산

의 조그만 계곡에 갔어요. 저 혼자서요. 그랬더니 갑자기 거기에서, 심한 비바람이 치고…. 저는, 죽고 싶지 않았어요…. 토사가 와르르 무너져 내리고…. 하나님, 부처님, 살려주신다면, 어떤 힘든 일을 만나더라도, 불평하지 않겠어요…. 번개가 쾅쾅하고, 바로 코앞의 소나무 꼭대기에 떨어지고…. 살려줘요, 하나님, 부처님, 일생에 한 번의 소원이니까…. 눈앞이 깜깜해지고 얼마나 지났을까, 그건, 어디에서 들려왔었는지, 하늘에서인 것 같은 느낌도 들고, 땅에서인 것 같은 느낌도 들고…. 아무튼, 들려왔어요. "아가씨, 강에 뛰어들어!" 산불이 난 것처럼, 주변이 온통 새빨갛고, 그곳으로, 불그스름하게 퇴색한 바위 조각이, 주르르 떨어져 내리고, 저는 오금을 펴고, 움직일 수가 없었어요. 또 들려왔어요. "강에, 빨리 빨리!" … 저는, 서서히 강 쪽으로 걷기 시작했죠. 갑자기 검은 덩어리 같은 것이, 쾅하고, 내 몸에 부딪히고, 그 순간, 저는 강 속으로 풍덩! 검은 덩어리는 나중에 잘 보니까 불타 버린 나무꾼 할아버지였어요. 다 타 버리면, 사람이란 매우 조그맣게 되어 버리더군요…. 비도 그치고, 바람도 잔잔해지고, 번개소리도 사라졌고, 산이 적막에 쌓였어요. 올챙이가 다시 쪼르르 쪼르르 헤엄치기 시작하는구나 하고 생각하는데, 지쳐서 움직이지 않고 있을 때, 저는 제 마음에 약속을 했어요. 불타 버릴 뻔했던 내가, 화상만 조금 입고, 화상 정도로 강에 뛰어든 것임에 틀림없어요. 너무나 바보 같은 할아버지가, 다 타 버렸으니까… 이제부터 앞으로 나는 은혜를 갚지 않으면 안 돼요. 다 타 버리게 될 것 같은 사람이 있으면, 제가 몸을 던져서 구해 줘야지…. 그것이, 사람이 해야 할 일이라는 걸! … 바보죠? 난 아직도 일곱 살 때의 여름날의 약속이, 아직, 마음속 깊이깊이 새겨져 있는 걸요.

절에서 종소리가 울린다.

미야기노   어머, 큰일이네. 해야 할 일이 있는데. 아무튼, 야타로 씨도, 오카요도, 다 타 버려서는 안 돼요…. 그럼 미워요. 또, 찡찡찡찡 울리기 시작하네.

미야기노는 그림을 펼쳐 든다.
창을 열고, 외친다.

미야기노	잠깐만요, 거기 멋쟁이 오라버니, 아, 지금 이쪽 보
고 있는 연약한 나리라도 좋아. 저 말이에요. 한가
한 사람, 잠깐만요, 그곳 보초에게 바로 보고해 줘
요. 천하의 우키요에 화가인 도슈사이 샤라쿠를
목 졸라 죽인 끔찍한 여자가 여기에 있다고요. 봐
요, 이 그림이 증거예요. 샤라쿠의 그림은 좋은 가
격이 될 거라서. 도둑질하러 들어갔던 거예요. 그
랬더니, 발각되어서는요. 발각되기만 했어도 좋았
는데, 뜻하지 않은 호색가잖아요. 용서해 줄 테니
까, 옷을 벗으라는 거예요. 글쎄, 칠십 머지않은 나
이로, 그 정도로 건강한 것은 좋은 일이지만, 역시
좀. 이런저런 일로, 붙잡았다 떨어졌다 하며, 서로
얽혀 있는 중에…. 저 세상으로, 가 버렸어요….

미야기노, 드르륵 창을 닫는다.

미야기노	…. (갑자기 한숨을 섞어서) 가 버렸다. 야타로 씨는
죽지도 못하고, 살아 있는 채. 쩡쩡쩡쩡, 이것밖엔,
달리, 방도가 없었던 것일까! 없었을 거야. 다른 사
람들이라면 글쎄 어떨지 모르지만, 나의 어리석은
머리로는, 이것이 최대한의 지혜라는 것이니.

복도에서, 뚜벅뚜벅 발소리가 들려온다.

미야기노   어머, 벌써 왔구나. 포졸들, 빠르기도 하네.

미닫이문이 열린다.

미야기노   (얌전히, 양 손을 뒤로 돌리고) 어서, 잡아가세요. 죄
          송합니다. 죽을 죄를 지었습니다. (한 번 절을 하고,
          시선을 복도로) 어머나, 덴바초(伝馬町)의 영감님이
          아닌가요? (명랑하게 웃고) 으응! 지레짐작하셨군
          요. 제대로 오셨어요. 어지러져 있으니까, 조금만
          기다리세요. (방을 정리하기 시작한다) 바로, 차 드
          릴 테니까요. 잠자리라면, 옆방에 잘 준비해 놓았
          어요. 포졸들이 오시기까지 또 한 번 벌 수 있어서,
          이렇게 기쁠 수가 없네요. 그러니까 이곳 오카미
          상에게 상당한 빚이 있거든요. 그저께도 아버지가
          와서, 무심코 던진 말이며. 고작 마음뿐이라도, 할
          수 있는 데 까지 해 두지 않고는. 감옥에서 신세를
          져야 하면, 이제 끝장이지요. 게다가 저는, 지금 이
          상하게 두근두근거려요. 몸 전체가 황홀해지는 느
          낌, 잘 됐어요, 너무 잘 됐어요, 기뻐요…. 아 그래

맞아, 그리고 부탁이 하나 있는데, 이제부터 샤라쿠 선생님의 그림이 자주 발견될 거예요. 운 좋게도, 영감님은 우키요에(浮世繪)[19]에 대해서 잘 알잖아요. 그러니까요. 가짜를 손에 쥐지 않도록, 자―알… (그림을 복도에 있는 영감에게 내밀고)… 진짜를 잘 봐 두세요. 좋지요. 이거야말로 진짜에요. 진짜가 팔리면, 샤라쿠 선생님의 생활은 앞으로 쭉 편안해질 것이고…. 어머나, 틀렸다. 샤라쿠 선생님, 성불하실 거라고 생각해요. 그것이 최선이에요. 저의 공양(供養)은. 찡… 계속해서 울리네. 찡찡찡찡.

― 막 ―

(샤라쿠의 초상화(大首繪) 중에, 나카무라 도미사부로(中山富三郞)가 여자로 분장한 「미야기노(宮城野)」라는 그림이 있다.)

해설

이 작품은 『矢代靜一戲曲集 II』(矢代靜一, 白水社, 1967) 에 실린「미야기노(宮城野)」를 번역한 것이다.

야시로 세이이치(矢代靜一, 1927~1998)는 도쿄(東京) 긴자(銀座)에서 태어났다. 유복한 가정으로, 어린 시절부터 연극, 영화에 친숙할 수 있었다. 1944년 제2와세다(早稻田) 고등학원에 입학하지만, 휴학하고 배우좌(俳優座) 연구생이 되어, 전시 하의 이동극단에 가입하고 무대에 올랐다. 다시 복학하여, 와세다대학 불문과에 진학하고, 지로드, 아누이유를 많이 읽었다. 재학중에 배우좌의 문예부원으로서 몰리에르 작 『여학자(女學者)』를 번역하고, 가토미치오(加藤道夫), 아쿠타가와 히로시(芥川比呂志)에 공감하여 문학좌(文學座) 문예부로 옮겼다. 1950년에 대학을 졸업한 후, 처녀희곡「동봉(働蜂)」을 『근대문학』에 발표하고, 지로드의 작품을 아쿠타가와와 공동연출하는 등, 본격적인 연극 활동에 착수했다.「유채 밭(菜の花畑)」(1951),「호빙(狐憑)」(1952),「성관(城館)」(1954),「우아한 노래(雅歌)」(1954)로 극작가·연출가로서 자리매김했다. 이어서, 다막극으로「벽화(壁畵)」(1955),「코끼리와 비녀(象と簪)」

(1956)가 있고, 민화를 제재로 한 「서정희극(抒情喜劇) 에스가타뇨보(繪姿女房)」는 전원적 서정과 도시적 세련의 교체 중에 청춘의 마지막과 고독을 구사하고 있는 걸작으로 초기의 대표작이다. 또한, 「곡생이(國姓爺)」(1958), 「노랑색과 분홍색의 해질녘(黃色と桃色の夕方)」(1959), 「흑의 비극(黑の悲劇)」(1962) 등 다양한 희곡을 연달아 발표, 다카라즈카(寶塚)의 뮤지컬, 각색, 방송극으로의 진출 등 왕성한 창작 활동을 전개했다. 계속해서 「유괴(誘拐)」(1965), 「미야기노(宮城野)」(1966)를 썼다. 게다가 가톨릭 신자가 되고는, 절대자의 탐구라는 내적 드라마를 시공을 초월한 공간으로 그리고, 테마와 구조도 한층 깊이를 담고 있다.

「미야기노(宮城野)」는 1966년 『희극비극』에 발표되었다. 미야기노라는 유녀의 이름이 제목인 것에서 알 수 있듯이, 이 작품의 성공은 한 인간이 품고 있는 내면의 깊이를 표출해 내는 것이 중요한 요인이 된다고 할 수 있다.

무대는 에도(江戶) 시대 덴보(天保, 1830~1844) 연간의 아자부(麻布)에 있는 오카바쇼(岡場所)이다. 유녀 미야기노와 단골손님인 모사(模寫) 화가 야타로(矢太郞)가 오카바쇼에서 나누는 대화는 예측을 불허하는 방향으로 흐른다. 어려운 환경에서 자수성가한 야타로는 스승 샤라쿠(寫樂)를 죽이고, 미야기노가 있는 오카바쇼로 온다. 단골손님인 야타로는 평소에도 미야기노에게서 어머니 같은 혹은 누나 같은 편안함을 느껴 왔고, 지금 살인을 하고

극도로 불안해진 이 순간에 가장 위로가 될 곳은 술과 미야기노가
있는 바로 이곳이다. 그 사실을 알고 있는 미야기노는 그 동안 그
에게 품고 있던 심정이라면 함께 도망이라도 가고 싶지만, 진심으
로 그를 사랑하기에 그가 원하는 것이 무엇인가를 알고 있기에 마
음속에서 갈등을 한다. 하지만 단호하게 야타로와 샤라쿠의 손녀
오카요가 함께 도망갈 수 있도록 도와준다. 그리고 야타로를 대신
해서 살인자의 누명을 쓸 각오를 하고, 그가 가지고 있던 샤라쿠
선생의 그림을 받아든다. 술집 작부에 지나지 않는 유녀의 천박함
과 진정한 사랑을 위해 자신을 희생하는 순수함을 설득력 있게 잘
묘사하고 있다.

천국 도둑
[현대 교겐(狂言)]

가토 미치오(加藤道夫)

무대장치는 간단하며, 정면에 격자를 댄 감옥 두 개가 나란히 있을 뿐이다. 오른쪽 감옥에는 남자 A가 안절부절못하며 불안한 모습으로 걸어다니고 있다. 왼쪽 감옥에는 남자 B가 태연하게 앉아 있다.

남자 B   (짜증을 내며 남자 A를 보고) 좀 진정하고, 뭐든지 생각을 좀 해 보라구? ⋯ 아무리 발버둥쳐 봐야, 이제 살아 있을 수 있는 시간은 얼마 안 남았어.

남자 A   (여전히 안절부절못하고, 왔다갔다 하면서) 쓸데없

이 상관하지 마. 당신처럼 살아 있는 동안, 죄라는
죄는 다 지어 본 인간이라면 체념도 할 수 있겠지
만. 나는 어떤 나쁜 짓도 하지 않았단 말이야. 억울
한 죄라고. 뭔가 잘못된 거야.

남자 B   뭔가 잘못돼서 죽는 거라면 그거야말로 대단한 사
건이지! 원래 인간이란 것들은 잘못 돼서 태어났
거든. 나도 말이야, 잘못 돼서 태어났다구. 내 어머
니가 자주 그런 말을 했지. 나 같은 인간 낳을 생
각도 없었다고.

남자 A   누굴 모욕하는 거요? 그만둬! … 나는 버젓한 인간
이야. 버젓한 부모 사이에서 태어난 버젓한 인간
이라구.

남자 B   버젓한 인간치고는, 체념하는 것이 상당히 깔끔하
지 못한데. 적어도 죽기 전에는 좀 침착하게 이것
저것 생각해 보는 것이 어떻겠어?

남자 A   당신은 죽을 각오가 되었으니까, 그런 태평한 소
리를 할 수 있지. 당신은 사형을 당해도 마땅한 인
간이잖아. 그런데 나한테는 죽어야 할 이유 따위
는 전혀 없어. 나는 죽는다는 것은 생각하기도 싫
어. 살아남을 일만 생각하고 있다구. 도저히 이렇
게는 죽을래야 죽을 수가 없으니까. 정말 이런 어

이없는 잘못으로 죽어야만 하다니, 그런 어처구니
없는 일이 있을 수가 있어!

남자 B   자네가 정말로 무고죄라면, 참으로 안됐군. 하지만
이제 여기까지 온 이상, 살아남을 길은 없네. 도대
체 재판이란 것은, 옛날부터 불공평하게 마련이지.
인간이 인간을 심판하려는 것에서부터 무리가 따
른다구. 인간은 나쁜 짓을 하려고 태어난 것이라
니까. 나쁜 짓을 하려고 태어난 인간이 나쁜 짓을
한 인간을 심판하는 것이니, 애초에 재판이라는
것부터가 본래 이치에 맞지 않는 말이야. 뭐, 운이
나빴다고 생각하고 단념하게나.

남자 A   이치에 맞지 않는다고 해서, 운이 나쁘다고 해서,
내가, … 내가 두 눈 멀뚱멀뚱 뜨고 살 권리를 단
념해 버릴 수 있다고 생각해! 나한테는 살 권리가
있어! 나는 무고죄란 말이야!

남자 B   (시끄럽다는 듯이) 알았어, 알았어! … 좀 조용히 해
주게. 나는 이제 좀 있으면 사형당할 시간이라네.
죽기 전에 한시라도 조용히 좀 있게 해 주게. 자네
가 여기에서 동물원 곰처럼 왔다 갔다 하니 마음
이 산란하고, 아무것도 생각을 할 수가 없네! 좀 가
만히 앉아 있게!

남자 A는 풀이 죽어 있다. 남자 B는 조용히 명상에 잠기기
시작한다. 남자 A는 서서 가만히 남자 B를 바라보고 있다.
긴 시간.

남자 B　　(고개를 갸우뚱하고, 투덜거린다.) … 도저히 … 알
　　　　　수가 없네.

남자 A　　(주뼛주뼛) 뭘 생각하고 있어?

남자 B　　죽고 나서 말이야.

남자 A　　죽고 나서?

남자 B　　그래. 어떻게 될까? … 아무리 생각해도, … 난 알
　　　　　수가 없어.

　　사이

남자 A　　당신은 어떻게 그리 침착하게 있을 수 있지?

남자 B　　무슨 의미야?

남자 A　　무슨 의미라니, 당신… 당신은 살인을 했잖아? 후
　　　　　회는 안 해?

남자 B　　그런 일은 다 지나갔어. … 지금은, 죽고 나서 어떻
　　　　　게 될지를 생각하고 있다구.

남자 A　　죽고 나서라고, … 그건 아무것도 느끼지 못하게

	될 뿐이잖아. … 인간은 태어나기 전에는 아무것도 느끼지 못했어. 죽으면, 다시 그렇게 될 뿐이야.
남자 B	(뭔가 생각하며) … 그런데, 아무래도 그렇지가 않은 것 같다 이거야. … 태어나기 전에는, 그것이야말로 아무것도 아니었지. 아무것도 아니었기 때문에, 아무것도 느끼지 못한 것은 당연하지. … 그런데, 이렇게 인간이란 것이 이 세상에 태어나서는 말이야. 삼십 년, 사십 년이나 계속 살면서, … 몸도 마음도 커져서는. … 그것이, 이, … 죽어서는, 이대로….
남자 A	역시 아무것도 아니게 된다구. … 그냥 놔두면 썩어서 없어져 버리잖아.
남자 B	(계속 생각하면서) 아니, 그렇지 않아. … 좀 기다려봐. … 인간이란 것들은 육체만으로 된 것이 아니라구. … 난 말이야, 아이들이 둘 있네. 남자 아이와 여자 아이인데 말이야. 죽은 마누라도 그렇지만, … 이 감옥 안에서, 그 녀석들을 떠올리면, … 저, 뭐랄까, 육체만이 아니라니까. … 육체 말고 무언가 눈에는 보이지 않는 것이 있는 것 같은 느낌이 든다고.
남자 A	'넋' 이라는 것 말인가?

남자 B	음, 그런 것인지도 모르지. … 아무튼, … 그 눈에 보이지 않는 것이 한 사람 한 사람의 몸 속에 있는 것 같은 느낌이 든다니까. 육체가 아니라 무언가 그런 것이 분명히 있어. … 죽는다면, 그것은 도대체 어떻게 되는 것일까?
남자 A	멍청하긴. 이봐, 인간은 육체뿐이야. 인간은 죽으면, 신경이 없어져 버린다구. 신경이 없어지면, 아무것도 못 느끼게 된다니까.
남자 B	(말을 막으며) 아냐, … 그렇다 해도 말이야. … 신경이 없어지고, 아무것도 느낄 수 없게 되어도, … (생각에 잠긴다.) 으-음. … 도저히 알 수 없어.
남자 A	그런 일이야, 어떻게 되든 상관없지 뭐!… 나는 아무튼 죽고 싶지는 않네. 살고 싶다구! 언제까지라도 끝까지 살고 싶을 뿐이야! 인간은 죽어 버리면, 너나 할 것 없이 끝장이야!
남자 B	정말이지 끝까지 체념하는 것이 깔끔하지 못하군, 자넨 말이야. 자네도 지금 생각해 보게. … 나도 이렇게 생각하기 시작한 것이 조금 전부터야. 조금 있으면 내가 죽게 된다네. 그 다음이 자네 순서야. … 지금 실컷 몸부림이라도 쳐 보게. … 난 좀더 생각하겠네. (팔짱을 끼고 생각에 잠긴다.)

긴 시간. 남자 A도 남자 B에게 자극을 받고, 생각에 잠긴다. 이윽고, 남자 A도 앉는다.

남자 B   (다시 고개를 갸우뚱하고, 투덜대듯이) …흐-흠. …
            도무지, … 알 수 없어.
남자 A   (역시 고개를 갸웃하기 시작한다.)

        사이

남자 B   이봐, 자네, 자네 말이야, 아까 아무것도 느끼지 않
            게 되었다고 말했는데, 그 아무것도 느끼지 않게
            되었다는 것은, 어떤 느낌인가?
남자 A   (말을 생각해 낸다.) … 그러니까, … 그것은, 무감
            각이지. … 돌처럼 자고 있을 때 같은 느낌이라고.
            신경이 쉬고 있는 상태가 되는 거지.
남자 B   흐-음. 하지만, 뭐랄까. 쉬고 있을 때와 없어져 버
            렸을 때는 느낌이 다른 것 아냐? … 게다가, 더 더
            욱 모를 일은 이 세상이야. 끝이 없는 하늘이 있고.
            … 지구가 태양의 주변을 빙빙 돌고 있다고 하지
            만, … 어떻든, 하필 이런 묘한 곳으로 인간이란 동
            물이 생겨서 왔단 말이지? … 왜 이렇게 말 하냐

하면, 모두가 무슨 이유가 있을 거라는 거지….

남자 A   모두 우연의 결과야. 천지만물은 우연히 생긴 거라고. 이유 따위가 있을 리 없어. 단지, 존재하니까 존재하는 거야.

남자 B   그렇다면, 전혀 이치에 맞지 않잖아? … 글쎄 … 더 더욱 알 수 없게 되는군.

두 사람은 잠시 또 생각에 잠긴다. 왼쪽에서 몸을 잘 가누지 못하는 늙은 간수가 건장한 간수 두 명과 함께, 열쇠 뭉치를 철렁철렁 소리 내면서, 천천히 등장한다.

남자 B의 감옥 앞에 선다.

남자 B   드디어 때가 왔소?

노간수   이제 가야지. … 자네가 먼저였지?

남자 B   그런 것 같소. … 죽기 전에 햇님과 하늘을 볼 수 있습니까?

노간수   물론이지. … 교수대로 가는 길에 정원을 지나게 되는데. 그렇군, 당신 말이야, 죽은 후에 하나님에게로 가고 싶은 건가?

남자 B   하나님?

노간수   하나님 말이야. 하나님에게로 가고 싶으냐고?

남자 B	영감. ⋯ 당신은, 하나님이 정말로 있다고 믿는구려?
노간수	당연히 있어야지. 없다면 이 세상은 이치에 맞지가 않아.
남자 A	(옆 감옥에서) 영감. 하나님을 믿는다구요?
노간수	믿고 말고.
남자 A	어째서요?
노간수	어째서? ⋯ 어째서라니, 안 믿으면 자네 말이야! 이 세상일은 도대체 알 수가 없는 거라고.
남자 B	믿으면 알 수 있나요?
노간수	그렇지. 손에 쥔 듯이 알 수 있어. 뭐든지 이 세상일은 모르는 것이 없게 된다고.
남자 B	하나님은 어디에 있나요?
노간수	어디, 어디에나 있지. 없는 곳이 없다니까. 기도하면 어디에서라도 나오신다고.
남자 A	영감님은 하나님이 보이나요?
노간수	하나님은 보이는 것이 아니야. 마음으로 느끼는 것이지. 예수님은 보였지만 말이야. 예수는 인간으로 태어난 신이었지. ⋯ 자네들은 죽은 후에 하나님께 가고 싶은 건가?
남자 B	갈 수 있나요? 그렇게 쉽게 갈 수 있는 건가요?

노간수	이대로는 갈 수 없지. 특히 자네들은 엄청 나쁜 짓을 많이 한 인간들이라. … 그런데, 정말로 마음으로 회개하고, 죽기 전에 세례를 받으면 자네들의 죄는 사라지게 된다네.
남자 A	나는 회개해야 할 만한 죄는 한 번도 지은 적이 없어요. 무고죄라니까요.
노간수	그건 잘못된 생각이야. 인간이란 존재는 스스로 알아차리지 못하더라도, 하루에 서너 개의 죄는 반드시 범하고 있다네. 신만이 알고 있지.
남자 A	하지만, 난 결백해요. 태어나서 삼십 년간, 나쁜 짓은 한 번도 한 적이 없었으니까. 나는 무죄라니까요.
남자 B	(끼어들면서) 영감. … 정말로 회개하고 세례를 받으면 내 죄는 사라지는 건가요?
노간수	그렇다니까. 세례를 받고부터 죽기까지 죄를 범하지 않았다면, 아무리 나쁜 짓을 한 인간이라도 천국에 갈 수 있다고. … 자네들은 천국에 가고 싶은가?
남자 B	당연히 가고 싶지요. 그게 정말이라면 가고 싶지요. … 정말로 그런 일이 있다고 생각하죠?
노간수	있고 말고. 얼마든지 있지.
남자 A	어떻게 알지요? 그걸?

천국도둑

노간수	어떻게라니, … 그건 이 세상에서 나쁜 일을 안 한 착한 사람이 보답을 받지 않는 법은 없는 거야. 나쁜 녀석들만이 좋은 기회를 만날 수 있는 이 세상만으로 끝나 버리면, 자네 말이야, 선한 사람들은 나오지 않을 걸세.
남자 A	그래 맞아, 그렇고 말고!
노간수	그런데, 그런 점은 하나님이 잘 생각해 주시고 있지. 착한 사람은 천국으로 갈 수 있지만, 나쁜 사람은 지옥행이야. 대부분은 우선 연옥(煉獄)으로 간다네. 자네들도 적어도 연옥 정도는 갈 수 있도록, 죽기 전에 가능한 한 회개하는 쪽이 좋아.
남자 B	(절실하게) 영감. 어떤 곳인가요, 천국이란 곳이?
남자 A	당신은 꿈도 꾸지 마.
노간수	어떤 곳이라니, 그건 우리들이 살고 있는 인간세상에서는 알 수가 없어. 우리들 눈에 보이지 않으니까.
남자 B	나처럼 사람을 죽인 놈이라도 회개하면 천국에 갈 수 있나요?
남자 A	(화내면서) 말도 안 돼. 그럴 리가 없지!
노간수	그거야, 경우에 따라 갈 수 없게 되는 일도 있지. 진심으로 회개하지 않으면 말일세. 모두, 하나님의

뜻이라네. 자네에게 그렇게 할 마음이 있다면, 죽
기 전에 신부님에게 데리고 가 주지.

남자 B   그게 누군데요?

노간수   하나님과 자네 사이에서, 자네의 죄를 회개하도록
도와주는 분이라네. 세례를 받게 해 주는 사람이
야. 만나 보고 싶은가?

남자 B   만나고 싶지요. 만나게 해 줘요!

노간수   그렇다면, 지금 데리고 가지. 저쪽 방에서 기다리
고 계시네. 죽기 전에 세례를 받아 두면 좋아. (감
옥을 열쇠로 열면서) 나도 절도를 하고 여기에서
감옥살이를 한 적이 있는 인간이지만, 저 신부님
에게 세례를 받고, 완전히 뉘우치고, 신자로서의
임무를 충실히 하게 된 걸세. 나도 이 정도라면 천
국에 갈 수 있을 거라고 생각하네. … 자네는 곧
죽게 되지만, 그래도 이 세상에서 잠깐이나마, 형
제가 한 사람이라도 늘었다는 것은 기쁜 일이야.
(남자 B를 감옥 밖으로 나가게 한다. 간수 두 사람이
그의 뒤를 따른다.)

남자 B   (마음이 편해진 듯) 나 같은 놈도, 적어도 죽기 전이
라도 인간이 되고 싶지요.

노간수   그 마음가짐이 중요하다네. (감옥 안에 있는 A에게)

자네도 나중에 데리고 갈 테니까, 만나서 이야기를 들어보는 게 좋아.

남자 A   (고집부리며) 나는 됐어요! 난 하나님 같은 건 믿지 않아! 아무것도 이야기할 것이 없어요. … 본래 난 죽을 이유가 없다니까. 그런 어이없는 일로 죽게 될 거라면, 자살해 버리는 쪽이 낫지!

노간수   (고개를 저으며 충고하듯이) 당치도 않아! … 자살은 제일 큰 죄악이야. 하나님에게 받은 소중한 생명을 스스로 끊어 버리다니, 그만큼 두렵고, 신을 모멸하는 죄는 없어. 자살만은 해서는 안 된다네. 자살을 하면 반드시 지옥행이라고. 자살만은 부디 하지 말게나. (오른쪽으로 걸어가면서) 나중에 데리러 올 테니까.

남자 B   (A에게) 그래 맞아. 너는 아무튼 지금까지 나쁜 짓은 하지 않고 살아왔어. 혀 깨물고 죽거나 해선 안 돼, 임마. … 그럼 천국에서 다시 만나자.

남자 A   (독백) 어이가 없군! … 이런 어이없는 일이 있을 수 있어? 저 녀석은 살아 있는 동안 온갖 죄악을 범하고 있는데. … 여자를 괴롭히고, 돈을 훔치고, 끝내는 사람을 죽이기까지 한 놈이야. … 그놈이 바로 저 녀석이라고. 죽기 직전에 바로 회개한다느니, 천국에 가고 싶다느니. … 저 녀석은 도둑놈이야. 천국 도둑이다. 아니, 도둑 이상의 죄악이다. 천국을 훔치다니 사람을 죽이는 것보다 더 나쁘지! … 설령 당사자가 정말로 마음으로 회개하고, 세례를 받아 죄를 씻어 냈다고 해도, 결과부터 보면 언어도단인 큰 죄악이 아닐까! … 그런데, 나는 어떤가. 삼십 년간, 나는 언제나 양심의 소리에 따라, 죄의 유혹을 억제해 왔어. 나는 하늘을 우러러 부끄러운 나쁜 짓은 한 번도 한 기억이 나지 않아. 나는 항상 자신의 행동을 반성하고, 착한 사람인 것을 자랑으로 여겨 온 사람이야. … 그런 내가, 그런 내가 말이다. 하물며 저런 악한 놈과 내세(來世)에서 만나게 된다니! 이런 어이없는, 불공평한 일이 있을 수는 없지!… 나는 하나님은 믿지 않았지만, 양심이라는 것은 믿어 왔다. 인간이 양심의 소리에 따라, 바른 행동만 하고 있으면 마음의 평화를 어지럽히는 일도 없고, 언제나 훌륭하게 자신을 지켜갈 수 있다고 생각했기 때문이다. … 그런데 (우는 소리로) 흐윽, 그런데도, … 나는 어째서 이렇게 운이 나쁜 놈이란 말인가! … 엉뚱한 누명을 쓰고, 하필이면 살인죄로 혐의를 받다니. 그 녀석은 스스로 독약을 먹고 자살한 것인데 말이야! 그건 그 녀석이 나를 싫어했었기 때문인지 몰라. 그 녀석이 술에 빠져 있거나, 여자에 미쳐 있어서, 방탕한 생활을 했었기에, 얼굴을 마주칠 때마다 나는 설교를 해 주었고, 충고를 해 주었을 뿐인데. 그 때문에 그 녀석은 나를 몹시 싫어하고 있었을지 모르지만, 일기 속에 그런 심한 원망의 말을 쓰게 되리라고는 꿈에도 생각하지 못했어. 나는 나 나름대로 선행을 할 생각으로 그랬던 것인데. … 그날도, 하긴, 몹시 화를 냈었지만, 설마 내가 돌아간 직후에, 그놈이 독약을 먹고 자살해 버리리라고는, 참으로 상상도 할 수 없었지. 그놈은 옛날부터 오기쟁이였으니까, 일부러 내가 독살한 것처럼 보이게 하고 자살해 버린 거야. 내 지문이 있는 찻잔까지 이용해서는. 헌데, 그 지긋지긋한 증인들이 이구동성으로 "내가 그즈음 그놈 집에서 나가는 것을 보았다느니 어쩌니" 우겨대고, 이제 나로서도 변명할 기력조차 없어져 버렸어. … 선을 베풀고, 사형을 당하다니. … 어처구니 없는 이놈의 세상! 도저히 이치에 맞지 않는 이야기야! … 이래서는, 죽으려고 해도 억울해서 죽을 수도 없어. 난 마지막 참형장까지 무죄를 외치겠어. … 만일의 경우를 대비해서, 이 상의 옷깃에 면도날을 숨겨 놓았어. 이것으로 이 팔의 동맥을 싸악 그으면, 죽는 것은 간단해. 어처구니없는 이 세상의 법에 따라 죽느니, 마지막까지 무죄를 주장하면서 자살해 주는 쪽이 훨씬 나아. 자살한 사람이 지옥으로 떨어지다니, 그런 어이없는 말이 있을 수 있어! 죽든지 살든지, 내 자유야! 자살해서는 안 된다면, 자살하는 사람을 왜 신은 만들었단 말이야! … 만일의 경우, 나는 요만큼의 가책이나 굴욕도 느끼지 않고, 이 팔을 자를 수 있어. 내 자유야! 그건 조금도 나쁜 일이라고 생각하지 않아. … 자살이 나쁜 것이라고 한다면, 신은 자살할 수밖에 없는 세상에 왜 나를 태어나게 한 거야. 우리 인간에게는 자유의 의지가 있어. 그 녀석도 신이 주었다고 한다면, 신은 우리에게 악을 행하라고 하는 것과 같지. … 아아, 참으로 이런 어이없는 세상에서는 살기가 싫어졌어. … (오른쪽을 보며) 그건 그렇다치고, 부아가 치미는 것은 저 녀석이야. 그 살인마. 정말로 회개하고 세례를 받을 생각일까? 저 녀석이야말로 진짜 살인마다! … 적어도 살아 있는 인간을 칼로 찔러 죽이는 것은 아무리 생각해도, 보통 사람으로는 할 수 있는 일이 아니야. 그 녀석은 악마다! 악마가 천국으로 가다니! (허탈하게 웃으며) 하하하하하. 참으로 어이없어서 웃어넘길 수도 없군! 아니? 저건 뭐지?

이때, 멀리 왼쪽에서 종이 울려 퍼지고, 찬미가(頌德歌) 「주여! 불쌍히 여기소서(Kyrie eleison)」[20]가 환청처럼 들리기 시작한다. 남자 A는 그대로 멍하니 서서, 귀를 기울여 듣는다. 왼쪽에서 아까 그 노간수와 젊은 간수 두 명, 조금 전처럼 가만히 등장한다. A의 감옥 앞으로 다가온다.

남자 A   드디어 때가 왔군!

노간수   이제 가야지. … 데리러 왔네.

남자 A   그 녀석은 어떻게 되었지요? … 신부님을 만나서 세례를 받았나요?

노간수   완전히 회개하였지. 참으로 영혼 구석구석까지 깨끗해졌다네. 그 녀석은 천국에 갈지도 모른다네. 어떻든 하나님의 뜻대로이지만, 그만큼 열심히 기도하면, 하나님도 들어주실 거야. 용서해 주시겠지. … 자네도, 죽기 전에 신부님을 만나 보는 게 어떤가?

남자 A   (격앙되어서) 난 싫어요! 천국에서 저런 나쁜 놈과
            얼굴을 마주쳐야 한다면, 나는 차라리 지옥을 선
            택하겠어요. 내 자신이 솔선해서 지옥을 선택하겠
            다고요! … 나쁜 놈들이 모두 천국으로 간다면, 나
            는 아무리 괴로운 곳이라도 좋으니까, 지옥에 가
            겠어요! (상의의 옷깃을 가리키고) 좋아. 여기에 면
            도날이 숨겨져 있어. 이 면도날로 팔을 스윽 자르
            면, 나는 간단히 죽을 수 있어. 천국이 나쁜 놈들이
            가는 세계라면, 나는 지옥을 착한 사람들의 세계
            로 만들 것이야! 자 여기에서 보여 주겠어!

        남자 A는 상의의 옷깃에서 면도날을 꺼내려고 한다.

노간수   (당황하며, 두 간수에게 지시한다) 이봐! … 멈춰!
            멈추라구!

        간수 두 사람, 재빨리 열쇠로 열고 감옥에 뛰어 들어간다. 팔
    목을 자르려고 하는 남자 A를 붙잡고, 움직이지 못하게 한다.

노간수   (곤혹스러운 표정으로 정면을 향하고) … 오, 주여!
            … 이런 녀석은 도대체 어떻게 하면 좋을까요?

「주여! 불쌍히 여기소서」의 찬미가가, 한층 더 높아지는 가운데…

조용히 막이 내린다.

– 막 –

해설

　이 작품은 『가토 미치오(加藤道夫) 전집』 제1권(加藤道夫, 靑土社, 1983. 3)에 실린 「천국 도둑(天國泥棒)」을 번역한 것이다.

　가토 미치오(1918~1953)는 후쿠오카현(福岡縣)에서 태어났으며, 세 살 때부터는 도쿄(東京)에서 살았다. 1937년 게이오(慶應) 대학 예과(豫科)에 입학하고, 『예과회지』에 소설 「은행나무 집(銀杏の家)」을 실었다. 어학에 재능이 있고, 영어·프랑스어의 원어극에 활약했으며, 또한, 문학과 영화에 대한 관심도 깊었다. 본과 영문과에 입학하여, 학생극단 신연극연구회를 만들어 활동했으며, 셰익스피어, 벤 존슨, 발레리 등을 탐독했다. 노(能)에 흥미를 가지고, 장 지로드와 오리구치 시노부(折口信夫)에 깊은 영향을 받았다. 1942년에 졸업하고, 대학원에 들어가, 최초의 장편희곡 「나요타케(なよたけ)」(1944)를 집필하고, 일년 후 탈고했다. 「나요타케」는 『다케도리모노가타리(竹取物語)』에서 소재를 얻어 신비적인 소녀 나요타케와 근대적 자아에 집착하는 청년 이소노카미 분마로(石上文麻呂)를 주인공으로 한 격조 높은 극양식으로, 쇼와(昭和) 희곡의 걸작이 되었다. 그 해, 제2차 세계대전에 종군, 육군성

통역관으로 뉴기니에 부임했지만, 말라리아로 사경을 헤메고, 종전(終戰) 후에 귀국하여 게이오(慶應)대학 예과(豫科)의 강사를 하며, 라디오 드라마, 평론, 번역 등을 발표했다. 종군의 괴로운 체험을 가난과 병마 속에서 환상적으로 쓴 「삽화(挿話)」(1948), 「추억을 파는 남자」(1951), 「누더기와 보석(襤褸と 寶石)」(1952) 등을 발표했다. 그는 카뮈와 사르트르 등의 실존주의 연극에 깊은 이해를 보여 주었으며, 일관되게 장 지로드의 연극세계에 경도되어, 자연주의적 리얼리즘을 배척했던 특이한 존재였다. 그리고 그는 진실과 현실과의 모순상극을 주제로 한 이상주의적 무대환상을 추구했던 극작가였다. 1953년 12월 22일 밤 자택에서 자살했다.

「천국 도둑」은 『문예』(文藝, 1952. 12)에 발표되었다. 이것은 두 명의 남자 사형수가 사형집행을 앞두고 나타나는 심리적 변화를, 아이러니하게 묘사한 작품이다. 그것은 관객은 극중인물보다 많은 것을 알고 있고, 그 인물이 어떤 극적 상황에서 입으로 하는 대사가, 그 인물의 의도를 넘어서 관객에게는 얄궂게도 비극적 결말을 예시하는 비극적 아이러니이다. 남자 A는 양심의 소리에 따라, 죄의 유혹을 억제하면서 삼십 년을 살아왔지만, 엉뚱한 누명을 쓰고 살인죄 혐의를 받고 있다. 이 세상에 존재하는 모든 것은 우연의 일치라고 생각하는 남자 A는, 자신의 죽음만큼은 '우연의 일치'와 연관지으려는 생각은 추호도 없다. 오직 억울해서 이대로 죽음을 받아들일 수 없다고 생각할 뿐이다. 어떻게든 살기 위해서 발버둥치려고 하지만, 아무런 해결책도 없이 자살을 선택하게 된다. 그러나 남자 B는 여자를 괴롭히고, 돈을 훔치고, 살인까지 한 자신을 너무나 잘 알고 있기에, 이미 현실의 삶에 대해 체념하고 있다. 하지만 그는 한 번 태어난 인간은 육체만이 아닌 그 무언가가 존재할 것 같은 느낌을 가지고 있고, 그로 인해 죽은 후에도 새로운 삶이 있을 거라는 희망을 가지게 된다. 그리고 노간수를 통해 신부님을 만나서 회개하고, 천국으로 가는 방법을 찾고 있다. 남자 A와 남자 B의 삶 속에서, 어쩌면 이 세상은 '진실' 보다 '지혜' 를 더 필요로 하는지도 모르겠다는 메시지가 아른거린다.

註

1) 스노마타(スノマタ): 기후현(岐阜縣) 남서부 나가라(長良) 강가
   의 마을에 있는 허름한 오두막집. 옛날에 주요 가도(街道)의 요
   소에 만든 역참(驛站)과 히데요시(秀吉) 출세의 유서(由緒) 있
   는 일야성(一夜城)이 있었다.

2) 가쓰보레, 가쓰보레!: 에도(江戶) 시대부터 메이지(明治) 시대에
   걸쳐 유행한 속요(俗謠)와 그에 맞추어 추는 익살스러운 춤. 가
   요의 중간이나 끝에 가락을 맞추기 위해서 넣는 하야시고토바
   (囃子詞)에서 만들어진 말.

3) 다치카와(立川): 도쿄도(東京都) 서부(西部)의 도시.

4) 꽃전차(花電車): 축하할 일이 있을 때, 꽃이나 색전구 등을 장식
   하고 달리는 시가(市街)전차.

5) 넨가라(ねんがら, 根っ木): 에도(江戶) 시대 말부터의 어린이
   놀이. 앞을 뾰족하게 한 나뭇가지를 땅에 던져서 꽂고, 상대방
   의 것을 쓰러뜨려서 빼앗는 놀이.

6) 도슈사이 샤라쿠(東洲齊寫樂): 생몰년도 미상. 에도(江戶) 시대
   중기의 우키요에 화가(浮世繪師)로, 주관적 인상 묘사에 의한
   과장된 작품의 그림과 판화 약 140종을 남기고 있다.

7) 오카바쇼(岡場所): 에도(江戶) 시대의 관허 유곽인 요시하라(吉原) 이외의 비공식 유곽으로, 접대의 수준이 높지 않다.

8) 조주(上州): 현재의 도쿄 우에노(上野) 지역.

9) 오신코(お新香): 소금에 절인 야채.

10) 샤미센(三味線): 일본 고유의 음악에 사용하는 세 개의 줄이 있는 현악기.

11) 권번(券番 또는 檢番): 유녀들의 조합. 노래와 춤을 가르쳐 유녀를 양성한 곳.

12) 다메나가 슌스이(爲永春水, 1790~1846): 에도(江戶) 후기의 극작가. 통칭 에치젠야 나가지로(越前屋長次郞)라 한다. 청림당(青林堂)이라는 책방을 업(業)으로 하면서, 극작가로 활동했다.

13) 오이와케 고마치(追分小町): 헤이안(平安) 시대의 유명한 미인이자 가인(歌人)인 고마치(小町)의 이름을 따서 소문난 미인을 가리키는 말. 그 지명인 오이와케를 앞에 붙여, 오이와케에서 소문난 미인이란 뜻이다.

14) 오시오 헤이하치로(大塩平八郞, 1792~1837): 양명학자. 텐보(天保) 시대의 큰 기근이 있었을 때, 봉기(蜂起)에 나섰지만, 진압되어 자살했다.

15) 오카미상(御女將さん): 요릿집이나 여관의 여주인.

16) 모모와레(桃割れ): 16~17세 가량인 소녀들의 머리 모양으로, 머리채를 좌우로 고리처럼 갈라붙여 뒤꼭지에서 묶고, 살짝 부풀린다.

17) 간자시(カンザシ): 비녀

18) 오하지키(オハジキ): 납작한 유리구슬·조가비·잔돌 따위를

손가락으로 튕기며 노는 계집아이들의 놀이, 또 그 구슬 · 잔돌 따위를 말함.

19) 우키요에(浮世繪): 에도(江戶) 시대에 성행한 유녀나 연극을 다룬 풍속화.

20) 찬미가(頌德歌, Kyrie eleison): 미사에서 부르는 기도의 말, '주여 불쌍히 여기소서'의 뜻.

역자 후기

『일본현대희곡선』에는 미요시 주로(三好十郎)의 『하룻밤』
(『群像』, 1958)을 비롯하여, 기노시타 준지(木下順二)의 『유즈루
(夕鶴)』(岩波書店, 1949), 시나 린조(椎名麟三)의 『천국으로의 원
정』(『新劇』, 1961), 야시로 세이이치(矢代靜一)의 『미야기노(宮
城野)』(白水社, 1966), 가토 미치오(加藤道夫)의 『천국도둑』(『文
藝』, 1953)을 옮겨 담았다. 1950년대를 전후에 출간된 이 작품들
은, 전쟁 전이나 전쟁 경험이 없는 세대의 작가들은 다루기 어
려운 심리적 극한 상황을 새로운 문학적 방법으로써 묘출하고
있다. 따라서 자기의 존재와 생의 의미를 물으려는 작가들의
고뇌와 상념이 깊이 배어 있다.

역자는 대학 입학 후, 『문학 속의 철학』(박이문 저)이란 텍스
트를 통해 문학작품을 '분석하며 읽는' 새로운 읽기를 배웠다.
그 후, 문학작품에 대해, '흥미 위주 읽기'에서 '인생철학 찾
기'로 그 접근하는 시각이 바뀌었다. 작가의 고뇌가 깊이 서려
있는 작품을 통해, 우리는 간접적으로나마 성숙해질 수 있다는
점에서, 이 다섯 편의 희곡은 속도를 지향하는 현대인에게 잠
시나마 고뇌를 잠잠히 반추, 반성하게 만든다. 즉 인간에게 참

으로 고통스러운 체험이라고 할 수밖에 없는 전쟁을 겪은 일본의 현대 작가들은 자아의 문제를 깊이 성찰함으로써, 외부 세계에 등돌리는 '내면적 인간'을 묘출해 내고 있는 것이다.

2005년 「한일 우정의 해」를 맞이하여, 한일간의 문화교류 특히 연극계는 활발한 기획이 진행되고 있다. 일본 현대연극에 관심을 가지고 있는 여러분에게도 조금이나마 도움이 되기를 바란다. 끝으로 이 책의 번역을 맡겨 주신 한림대학교 일본학연구소 지명관 소장님과, 극문학을 연구하도록 역자를 이끌어 주신 서연호 교수님께 고마움을 전하고 싶다. 그리고, 출판 과정에서 여러 가지로 배려해 준 도서출판 소화의 가족 여러분께 감사드린다.

2005년 봄날

박영산

▪ 저자

미요시 주로(三好十郞, 1902~1958)
규슈(九州) 사가현(佐賀縣) 출생
1925년, 와세다(早稻田)대학 영문과 졸업
좌익예술동맹을 결성, 『좌익예술』 창간
NAPF(전일본무산자예술운동)에 합류
PROT(일본 프롤레타리아 연극동맹)에 가입
말년에는 좌익 진영을 떠남
1946년에 '희곡연구회' 결성, 극작가를 양성
작품:『머리를 벤 것은 누구냐』,『탄진(炭塵)』,『상처투성이의 오아키(お 秋)』,『칼맞은 센타(仙太)』,『부표(浮漂)』,『폐허』,『불꽃 사람』 등

기노시타 준지(木下順二, 1914~現存)
도쿄(東京) 출생. 구마모토(熊本)에서 어린 시절을 보냄
1936년, 도쿄대학 영문과에 입학
데뷔작『풍랑』으로 기시다(岸田)희곡상 수상(1947)
『유즈루(夕鶴)』(1949)는, 전후 연극계의 재산목록 일호로 인정받음
1947년, '포도의 회' 결성
작품:『산맥』,『어두운 불꽃』,『개구리 승천』,『신과 인간의 사이』 등의 현대극.『히코이치(彦市) 이야기』,『이십이일 밤의 기다림』 등의 민 화극

시나 린조(椎名麟三, 1911~1973)

효고현(兵庫縣) 히메지 출생

본명은 오쓰보 노보루(大坪昇)

1926년, 중학교 중퇴

1928년 이후 우지가와(宇治川)전철, 니가타(新潟)철공소 등에 입사

노동운동으로 검거, 투옥됨

1950년, 그리스도교에 귀의

작품:『심야의 주연』,『해후』,『자유의 저쪽에서』,『징역자의 고발』,
『아름다운 여자』,『우리들의 동거인들』 등

야시로 세이이치(矢代靜一, 1927~1998)

도쿄(東京) 긴자(銀座) 출생

1944년, 제2와세다(早稻田)고등학원에 입학

배우좌(俳優座)의 연구생, 전시하(戰時下)의 이동극단에서 활약

와세다대학 불문과에 진학, 문학좌의 문예부원으로 활동

1950년, 처녀 희곡「일벌(働蜂)」을『근대문학』에 발표

중년 이후 가톨릭에 귀의.

작품:『유채밭』,『호빙(狐憑)』『성관(城館)』,『우아한 노래』,『벽화』,『코
끼리와 비녀』,『서정희극「에스가타뇨보(繪姿女房)」』,『곡생아(國
姓爺)』,『미야기노(宮城野)』 등

가토 미치오(加藤道夫, 1918~1953)

규슈(九州) 후쿠오카현(福岡縣) 출생

3살 때부터 도쿄(東京)에서 생활

1937년, 게이오(慶應)대학 예과(豫科) 입학
본과(本科) 영문과에 진학 후, 학생극단 '신연극연구회' 결성
1944년, 장편희곡『나요타케(なよたけ)』집필
작품:『삽화』,『추억을 파는 남자』,『누더기와 보석』등

▪ 역자

박영산
일본 도쿄대학 총합문화연구과(비교문학비교문화 전공) 연구과정 수학
고려대학교 대학원 비교문학과 석 · 박사
현재 고려대 강사
저서:『한국연극의 쟁점과 새로운 탐구』(서연호 외)
　　　『근대일본연극논쟁사』(스가이 유키오〈菅井幸雄〉, 공역)
논문:「조루리(淨瑠璃)와 판소리의 비교연구」
　　　「『춘향가』와『소네자키신주(曾根崎心中)』의 비교연구」

한림신서 일본현대문학대표작선을 발간하면서

한림대학교 일본학연구소에서는 1995년에 광복 50년, 한일국교 정상화 30년을 기념하면서 일본학총서를 출간하기 시작했다. 그 성과에 대해서 한일 양국의 뜻있는 분들이 높이 평가해 주신 데 깊은 사의를 표한다.

본 연구소는 한국이 일본을 더욱 잘 알게 되고, 한일간의 문화교류가 활발해진다는 것이 한일 양국을 위하는 것일 뿐 아니라 21세기를 향한 동북아시아의 평화와 새로운 질서를 수립하는 데 크게 이바지한다고 생각한다. 그런 뜻에서 일본학총서도 발간해 왔던 것이다. 앞으로도 그 사업을 계속할 것이며 연륜을 더해감에 따라 큰 발자취를 남기게 될 것을 의심하지 않는다.

그런 확신을 가지고 지금까지 일본학총서 발간에 보내 주신 한일 양국 여러분의 성원에 보답하는 의미에서 여기에 새로이 한림신서 일본현대문학대표작선을 발간하기로 했다. 일본 문학은 이미 세계 문학사에서 확고한 자리를 차지하고 있다.

일본은 전통적으로 문학 속에 사상을 담아 왔기 때문에 일본 사회를 알기 위해서는 일본 문학을 알아야 한다고들 흔히 말한다. 그럼에도 불구하고 지금까지 상업성을 위주로 하는 일반적인 출판사업에서는 일본 문학의 전모를 알리기에는 어려운 사정이 많았던 것이 사실이다. 그러므로 본 연구소는 일본을 바로 이해하기 위하여, 한일간의 문화교류를 더욱 촉진하기 위하여 여기에 일본현대문학대표작선을 간행하기로 했다.

이러한 노력이 우리 문화발전에도 크게 이바지할 수 있기를 바라면서 일본에서도 한국 문화를 일본에 알리기 위한 노력이 일어나서 한일간에 새로운 세기를 좀더 밝게 전망할 수 있게 되기를 바란다.

여러분들의 계속적인 성원을 기대해 마지 않는다.

1997년 11월
한림대학교 일본학연구소